跨度新美文书系

Kuadu Prose Series

跨度新美文书系
Kuadu Prose Series

东林听雨

祁海涛 李延霞◎著

中国文史出版社

目　　录

第一辑　白集夜

第二辑　黎序集

乐耕园幽趣记

吴文茹[1]

一

从西安抵达哈尔滨后的第二天，我在微信上披露了行踪。

作家祁海涛先生留言问：什么情况？来哈尔滨了？我知道他在东北，但并不知道所在确切的地理位置。我回复：嗯，来了，我去看你？他说：好啊！我这才问：远不？就这样，确定了我学习任务结束后的行程，去齐齐哈尔，去看海涛和他的乐耕园。

行程确定后，我查询到了齐齐哈尔和哈尔滨的距离，并且提前订购了火车票，彻底敲定了此行的计划。在哈尔滨的工作完成后，同行的同事们有的想去伊春，有的想去长白山，有的想去漠河，有的想去镜泊湖、五大连池，唯独我要去齐齐哈尔。但我对自己的路线高度保密，别人问

① 作者为中国作协会员、中国金融作协副秘书长、诗人。

起来总说去哪里还没定呢，惹得闺蜜调侃说我正在预谋一次“私奔”。

在奔赴齐齐哈尔的前一天晚上，我在哈尔滨中央大街夜游的时候，在微信上发了几张照片，海涛留言道：留点精神，以泽鹤城。不一会儿，海涛发来他和夫人共进晚餐的视频，桌上摆着一大碗热气腾腾的东北炖菜、两只酒杯，他夫人对着镜头热情洋溢地说：“文茹，我们已经准备好迎接你的到来了！”让我非常感动，更对此行充满了好奇和期待。

当我乘坐高铁抵达齐齐哈尔火车站的时候，电闪雷鸣，大雨倾盆。海涛堵在来接我的路上，他打电话让我耐心等待。在火车站站前广场等待的时候，我用手机拍摄着满天密云和瀑布一样的雨幕，拍着拍着，突然天光大开，太阳拨开厚重的云层，金光万丈，洒在湿漉漉的大地和雨帘中，一时间，天地融合，波光潋滟，恍若科幻大片，让我目瞪口呆。我在心里念叨，天哪，这动静也太大了吧！我到哈尔滨那天，一下飞机冰雹迎接，到了齐齐哈尔，雷雨迎接。东北这天色对外人也太隆重了吧，这是欢迎呢还是不欢迎呢？

海涛和夫人来了，他们说这当然是隆重欢迎你来呢。看看海涛两口子冒着风雨来接我，我心里潮潮的、热热的，不停地谢天谢地、谢谢他们。

接上我之后，我们直接奔赴一个文人欢聚的晚餐会。紧接着，第二天上午在扎龙湿地邂逅神鹤，下午在乐耕园文友欢聚，我的初次乐耕园之行隆重而热烈。

二

我本想把齐齐哈尔之行在心里捂一段时间，慢慢回味，好好珍藏这一切。但是第二天，我看到黑龙江金融作协秘书处发的一条简讯《勤沟通促交流，助力放飞文学梦》：临近盛夏时节，嫩江两岸一片郁郁葱葱的景象。6 月 17、18 日，中国金融诗人、陕西金融作协副主席吴文茹女士在哈完成工作任务后，专程莅临鹤城，与黑龙江的部分作家、诗人、文学爱好者欢聚在一起，共同开展了两日的文学交流活动。齐齐哈尔市文联副主席、作协主席朱虹宇，中国作协会员、齐市作协副主席宋成君，《鹤城晚报》副刊部主任、齐市作协副主席李春溪，副主席赵秀华、王彩兰，作家徐琦参加了活动。中国金融作协理事、黑龙江金融作协主席、齐市作协副主席祁海涛，黑龙江金融作协理事宋宝昌，散文专业委委员孙英涛，会员李延霞、刘博及部分文学爱好者共十五人参加了相关活动。吴文茹女士是陕西比较有影响的女诗人，诗歌以率真、富有灵性著称，博客点击量达几十万次，拥有粉丝数千名，著有《太白》《我愿是雪花》等诗集多部。文学交流活动期间，吴文茹女士还深入世界级扎龙湿地保护区参观采风，并拜访了黑龙江金融作协主席祁海涛的“乐耕园三部曲”创作基地。为祝贺交流活动，诗词爱好者佟广杰先生专门赋诗一首：

西安莅鹤城，耕园会精英。
盛情待贵客，文友心相通。
乡野赋诗歌，欢乐已无穷。
喜文为小趣，树德大人生。

这条信息被陕西金融作协杨军主席在几个金融文学群里转发。我惴惴不安，忐忑地对杨军主席说："私奔被曝光了。"杨军主席笑道："全国人民都知道了。"我说："组织太强大了。"

其实，在公布这条消息前海涛给我发了信息的，我没有及时看到，看到之后我惶恐地做汗颜状回复：对我的评价太高了，低调低调再低调。大家都知道后，我对黑龙江金融作协和祁海涛主席给予我的隆重礼遇深怀感恩，为自己能为他们送去一缕春风深感欣慰。在齐齐哈尔见到的每一个人，都给我留下了深刻印象。大家虽然是第一次见面，却像是认识多年的老朋友，我想这就是文学的魅力和力量吧。

三

台灯下，看着大家相聚时的两张合影，我边回忆边对号入座：朱虹宇主席人如其名，气宇轩昂，为了表示对我的欢迎，因为身体原因戒酒数月的他当席开戒。宋成君先生刚刚完成一部长篇纪实，又新近加入了中国作协，双喜临门，酒过三巡之后他应约去交付完稿的大作，办完事之后又返回饭桌和大家把酒言欢，其君子风范令人敬佩。还有翩翩才子李春溪主任、典雅秀美的作家赵秀华（昵称"赵散文"）、妩媚"勾人"的作家王彩兰（昵称"王小说""王姐"），每一位都个性鲜明，气质不凡。

近观坐在我身边的王姐，甚是妩媚动人。她喜欢说"勾人"，事实上她的眼神、腔调、身段，一颦一笑无不勾人魂魄。她风姿绰约、能歌善舞，就是不刻意去勾人，也没有几个人能够抵挡住她的魅力。那种风情，透着东北人的爽快，明亮而不暧昧。我很喜欢王姐，因为我一直认为女人就要像女人，就要娇柔妩媚。王姐对男人来说很迷人，对女人来说也很迷人。她指着我的诗集《太白》说："我觉得太白写的就是我，因为我真的太白。"是的，王姐不仅肤色很白，她所有的表达都很直白，但那种直白，是世事练达和被文学浸染后的一种洒脱。我喜欢这样的"太白"。

王姐第一句话问我："齐齐哈尔是什么意思知道吗?"她说齐齐哈尔就是大家一起乐和。我喜欢齐齐哈尔的独乐乐不如众乐乐。

其他几位，有高大帅气、最像东北汉子的艺术总监李铁军先生，有儒雅范的作家徐琦女士，有双眼皮才子宋宝昌先生，有像来自上海滩的一对东北帅哥靓女小夫妻朱万成、吕巍威，还有大酒窝、小眼睛的佳人才子们……后会有期，不再一一素描。

下面，我要着重地说说中国金融作协理事、黑龙江金融作协主席、齐齐哈尔市作协副主席祁海涛先生和他的夫人"庄园小主"李延霞。因为有他们，我才有了齐齐哈尔之行；也因为他们，我在齐齐哈尔有幸认识了上述这些文学上的良师益友。

四

去年以来，我先后拜读了海涛的散文集《庄园日记》、诗词集《李园杂咏》、长篇小说《李子红了》，合称"乐耕园三部曲"。读了之后，我对乐耕园系列作品里关于乐耕园的灵感生发和文学描述产生了极大的好奇和向往。此行，我对乐耕园的认识，也由理性到感性，由间接到直接，由零散到完整。我对海涛夫妇说，这隔着的一层纸终于捅开了，我见到了你们的乐耕园。这是你们精神的后花园，也是你们的桃花源，更是一片文学的热土。

说这番话的时候，是在从车站到酒店的路上。我们一见面就开启了绿色交流模式，从黑龙江金融作协和陕西金融作协的组建以及相关文学活动的组织，到今后的设想和愿景；从个人的创作现状到未来的理想抱负，从乐耕园的昨天到今天到明天，等等。我对黑龙江金融作协以文学为唯一标准，循序渐进、稳步推进的做法表示了极大的赞赏；我跟他们交流了陕西金融作协成立后的主要活动，以及近期开展的送文学下基层活动；我还给他们介绍了陕西金融作协多才高产的杨军主席，大家相谈甚欢。

在乐耕园，“大园主”海涛带着我仔细参观了整个园子，我认真地辨识着自己认识和不认识的每一种蔬菜、瓜果的苗子、花蕾、植株，和或泛红或青涩的果实。我第一次见识了蔬菜花的美丽，在大棚里我第一次闻到了蔬菜花的独特芳香，非常兴奋和感动。

一些吃了半辈子的蔬菜，当看到它们的花朵和果实是那么的美丽，我遗憾自己懵懂了那么多年。其实，五谷杂粮也有它们完整而美丽的一生，而我们只是享用了它们的成果，而从未自己去欣赏它们生命过程的美好，这是一件多么遗憾的事。而海涛在乐耕园里补偿和弥合的正是这种遗憾，他比我们更早意识到了这一点。他把他的这种觉悟归结于农民情结，然而我以为这是一种自然的觉醒，一种生命的觉悟，一种回归的情结。

是的，我们终究都要回归。落叶要归根，农民要回归土壤，作家要回归生活，每一个人都要回归故乡。我们的故乡是什么？在哪里？人常说，心安处即故乡，海涛的乐耕园就是他的故乡。在那里，他心安，他心静，他写得出和他人一样朴实敦厚的文字，写得出和他人一样接地气的生活和故事。他在那里，亲手务每一棵苗，亲自除每一根杂草。

土地是最厚道的，它待人真诚，你对它投入付出多少，它就会加倍地回报你。

五

我去乐耕园的时候，桑葚红了，草莓红了，樱桃也快红了。

海涛亲手摘了一个草莓给我，我在盛雨水的露天大缸里涮了涮泥，就吃了。那像大樱桃一样的小草莓甜酸味浓，是我这些年吃过的最好吃的草莓，后来海涛夫人又递给我一颗草莓。我回来之后一直后悔为什么没有多吃一点，为什么没有喝一点他们自酿的樱桃酒。在乐耕园的时间太短，来不及细细品尝，又不想走马观花。

乐耕其中的体验，实在是太短暂、太宝贵了。虽然我的眼睛和皮肤因为药物反应严重惧光，但在园子里，我不矫情，不戴帽子不打伞，像一个农妇一样，任阳光肆意地晒透我浑身的每一个细胞。我要用最短的时间充分感受乐耕园，感受这片世外桃源蕴含的文学意义。

正如大家说的，这是海涛的“乐耕园三部曲”创作基地。但我相信，这三部曲仅仅是一个隆重的开端。东北人大气，开端也大气。

走在园地里，我认识了十几种果蔬，大葱、小葱、辣椒、土豆、南瓜、茄子、西红柿、豆角、葫芦、黄瓜、玉米、西瓜，等等。我深切感受到，海涛是一个地道而深情的“农民”。他把各类植物分门别类，划区域管理，使得他们能够抢先吃上最为时令的蔬菜和水果。他的管理也很精细，比如种玉米，别人种一季，他能种出两三季，他错开时间撒种，一行行玉米长得参差不齐，这样一来他一连几个月都能吃上新鲜的玉米棒子。

海涛还是一个有远见的农民。乐耕园里多是李树，只新种了两畦葡萄。原先周边的农户也以李树为主，但因为李子卖不出好价钱，最后多数人家伐去李树，种上了经济效益更好的葡萄树等。刚开始葡萄卖的价钱还可以，但多了也就不值钱了。如今李子又物以稀为贵，价格反而稳中见长。乐耕园保留了大部分李树，每当李子红了的时候，自然会引来羡慕的眼神。

现在，李树上正结满了李子，虽然还是青果，但已经格外喜人且令我眼红了。我可以想象满树的李子红了的时候会是一种什么样的景象，但我又不能完全想象。就像是我没有来乐耕园的时候我以为我可以想象它是什么样的，但是真正站在乐耕园里，我才知道自己的想象多么单薄和苍白。眼前的乐耕园是丰富多彩的。

海涛说，他经营园子种地不是为了挣钱，所以比靠地吃饭的农民有更多的乐趣和自由。是的，他可以任性地宽垄密植，也可以随意地套种杂交。当然也有误种的，比如西瓜地里就长出了一株黄瓜秧子。他说，随它们长吧，反正种什么收什么。

我坐在用来浇地的手压式灌溉水井旁，海涛说，著名作家阿成曾在这里坐过。我浑身一激灵。我看着身边的李树，看着葡萄架子上的黄绒绒的葡萄花和才米粒大的葡萄，仰起头看到园子中央一棵老榆树上搭着一个足球大小的喜鹊窝，恍惚走了神。

海涛说，他耕种的时候，看着鸟儿筑巢、觅食、养儿育女，黄昏的时候，看到倦鸟归巢，他觉得自己也是一只小小鸟，在这里耕作，养家护院。我知道，他养的是文学之家。

六

乐耕园是物质的乐园，更是精神的乐园。海涛更像一只隐逸鹤，归隐田园，耕心种德，把热爱文学的种子，播种在理想的沃土中，使其根深叶茂，果实累累。

关于乐耕园及其三部曲，我有太多的感触，以后慢慢消化吸收。要赶紧说说海涛的夫人“庄园小主”（昵称“小主”）了。现在才说她，是因为她的特殊性和重要性。

首先，小主随和大气。在她发视频欢迎我的时候，在她火车站接我的时候，在她当着大伙的面称呼海涛祁主席和大哥的时候，我打心眼里喜欢她。想想，一个被自己的老婆当作大哥、奉为主席的男人活得多么滋润。男人需要并享受被女人崇拜和仰视的感觉，我看到了庄园小主对海涛的崇拜和仰视，也看到了海涛心里的欢喜。

其次，小主出口成章。参加聚会的都是齐齐哈尔文坛的大腕和名流，每当小主致祝酒词的时候，大家都竖起了大拇指。她说话条理清晰，感情饱满，不打草稿就是一篇好文章。听说小主很早就写诗，且写得很好。后来因为共同的文学爱好，她一个城里姑娘爱上并嫁给了农村小伙海涛。之后，她就甘做大男人背后的小女人，收敛起了自己的光芒，让自己的男人锋芒毕露，出类拔萃。一个成功的男人背后站着一个出色的女人。

第三，小主大智若愚。如果从才华的角度来说，小主不在海涛之下。在齐齐哈尔的那一晚，我失眠了，第一次拜读了小主的诗。我回到西安第二天，小主又发了几首新诗给我。她的诗和她的人一样，阳光灿烂，且恰到好处地平衡了感性和理性的比例。她的诗是感性的，但可以看到理性的光芒在处处闪耀，那是女人特有的聪慧。

第四，小主功高震“主”。在乐耕园以农民自居的“大园主”海涛劳苦功高，可是居功至伟的当属和他一起男耕女织的庄园小主。在我来之前，因为几场雨的缘故，园子里草木茂盛，该长的不该长的都在疯长。海涛说，小主发话，要在文茹来之前除掉每一棵杂草。我在参观园子的时候，看到许多被连根拔起的杂草横七竖八地躺在地上，看着那些小主还没有顾上掩埋的杂草，海涛给我讲了他夫人智拔杂草的趣事。他说，天气晴好的时候，土壤板结得硬邦邦的，拔草的时候容易拔断，这样就不能斩草除根。小主就想了一个办法，先给草根浇水，等湿软后再连根拔掉。海涛说这事的时候，满脸满眼的笑意和赞赏，我的眼前就浮现出小主拔草的样子。他们夫妻之间的互相欣赏，让我看到了爱情的真谛所在。

七

庄园小主有东北女人的风风火火、泼泼辣辣、干干脆脆，但她说起海涛、看着海涛的时候，却总是含情脉脉、小鸟依人的样子。她那一声声大哥总让我心里哆嗦，然后浑身的鸡皮疙瘩。原先说起鸡皮疙瘩是贬义的，近几年已经是褒义词了。能起鸡皮疙瘩就是走心了，被感动了。在齐齐哈尔和乐耕园，我时常被感动着。

在去乐耕园之前，小主陪我先去了扎龙湿地，而海涛留在园子准备午餐。那个上午，天气特别好，天空多云，日头不大，不用打伞，适合拍照。陪同我们的铁军先生身兼司机和摄影两大职责，我们两个女人享受着从未有过的待遇。湿地的规模和景色出奇好，要用另外的篇幅去写，在这里说说我和小主的邂逅神鹤。

小主说，平时家里来客人，都是她在园子里做饭，海涛陪客人出来玩。今天海涛想好好表现一下，主动请缨留守庄园做后勤部长。小主说，我的到来解放了她。

我们赶到九点半第一次放鹤的时间看到了丹顶鹤。我激动的心情无与伦比，难以言表。丹顶鹤的传说、丹顶鹤的神话、丹顶鹤的故事、丹顶鹤的歌曲，等等，都深深地打动过我，但我却是第一次亲眼见到，第一次近距离亲密接触。我有一个强烈的冲动，要跳鹤舞。虽然曾经尝试跳过，但在丹顶鹤曼妙自然的仙姿面前，我跳不出来了。我急切地向铁军求助，帮我想想丹顶鹤的舞姿，我要跳。于是，在铁军的启发下，我跳起了鹤舞。

独舞之后，我和小主来了一个双人造型，正当我们比翼齐飞的时候，身后有一只丹顶鹤起飞了，向我飞过来……铁军惊呼着抓拍了整个过程，我呆住了。我喃喃地对小主说，我知道丹顶鹤心里是怎么想的，它羡慕嫉妒我们了，就像是在游人挑逗下的孔雀开屏。

现在时尚有一种说法叫“撩什么”的，那天，我撩鹤了。我停止鹤舞之后，那只鹤落在我脚下的水中，扑扇着翅膀望着我，我看到它的眼睛的瞬间，我被鹤撩了。

八

与鹤共舞，撩拨了我的心。湿地的芦苇也不停地撩拨着我的思绪。

记得年轻的时候，作为文学青年的我，时常清高而自负地说，我是一株有思想的芦苇。但是在扎龙湿地，我希望自己只是一株芦苇，一株有鹤依偎的芦苇。

见到了像仙女一样的白鹤，我把喜悦分享给海涛。小主也因为海涛没能同行感到遗憾。她再三提出，要拍一张合影，合影中给海涛留一个位置，就算是他也同行了。按照小主的建议，我们在扎龙国际重要湿地标志的地方合影，我和小主同时转向给海涛留下的空位，相视一笑。铁军打趣说，你们俩都在深情地凝视着海涛呢。

在小主面前，谁能深情地仰望海涛？

回到乐耕园门口，小主一声大哥，海涛立马出现在我们面前。然后，他们夫妻默契交接班，海涛陪我逛园子，小主接着准备午宴。

午宴非常丰盛，一桌的瓜果没顾上吃一口，就直奔主题——喝酒。来哈尔滨后，我规定自己不喝酒，所以前面五六天滴酒未沾。可是一到齐齐哈尔就没能守住。大家从北大仓喝到小麦王，饮酒赋诗对歌，个个才华横溢，人人酒量惊人。在大咖级的文豪面前，我不敢吟诗也不敢朗诵自己的拙作，选读了海涛的一首《英雄》。这首诗是写给蒲公英的，蒲公英是我挚爱的一种植物，也是我的文友的昵称，我说海涛你真好，给我的粉丝还写了一首诗。

《英雄》中写道：生者/当如你/从不向风沙低头/总是/不经意间/坚强地绽放/看似随时随地/却有缘有意/你是懦弱者/一生读不懂的诗/你是/秋的蓝天/春的大地。

是的，我的朋友都是英雄豪杰，侠肝义胆。在煮酒论英雄的时候，我们尽情地挥洒着自己的才情，尽心地善待着文学的结缘。爱上乐耕园，从这个夏天开始。

九

海涛说，乐耕园，是一座富矿。

延霞说，在那里，人没有了欲望，没有了杂念。

海涛说话走路做事总是低眉顺眼笑眯眯的，延霞则是昂首阔步笑哈哈的。老话说，抬头女人低头汉，都是很厉害的人物。庄园大小主就是响当当的大人物。

乐耕园里，蔬菜的花儿暗香袭人，满树青果累累，但最引我注目的是一棵特殊的树——一棵向日葵。那棵向日葵长得很高，枝干已经木质化，让我想到了木化石。向日葵的顶端，结着九个大小不一的葵花盘，也已经干枯木化。这棵特别的向日葵唤起了我无限的想象和感慨。特别是看似纤弱枯死的向日葵，经过了严寒的冬季，还完好无损地站立着，站立成了一棵树、一座碑。我对海涛说，这个一定要保存好，一定要留下来，它就像是这个园子里的图腾，是一种精神和信仰的化身，具有神圣的象征性。

我仔细拍摄下了这棵向日葵树，回到西安反复看，反复想，愈发觉得其中有着不可言说的神奇和奥妙，也引发了我的好奇，和再次走进乐耕园的期待。

乐耕园，我会再去的。写这篇日记的时候，我不知不觉剔除了之前阅读“乐耕园三部曲”的经验和痕迹。这种无意识的排除，来自于我亲身体验后的排斥和替代。

我在乐耕园最珍贵的收获是，感知乐耕园对于海涛的创作脉络，感知乐耕园深入生活创作模式对我的启发借鉴。这是一种写作的态度、状态和形态。我在乐耕园仅仅半天的时间，带给我的灵感激流和头脑风暴超乎了我的想象。就像是海涛亲自制作的极品齐齐哈尔烤肉，一下子取代了我对新疆烤肉的味蕾记忆，激活了我几近麻木的味觉和食欲。

回到西安之后，我被热浪冲昏了头脑，一连几天神情恍惚，失魂落魄。但我没有忘记第一时间表达感谢。我说，只要热爱生命，一切都在意料之中，一切都是最好的安排。感谢冰城，感谢鹤乡，感谢乐耕园，感谢亲王贝勒园主，感谢文朋好友，感谢诗和远方。

感谢是及时的，但却是苍白无力的。我相信，会有与之匹配的诗歌在远方等着我。

2016 年 6 月 26 日于西安

乐耕园十年记

安世元①

齐齐哈尔城东南郊区有一片农家院落，这片不太大的明显带有二十世纪八九十年代痕迹的农家院落被风格不同的各式现代建筑远远包围，似乎是被时光抛弃的、被繁华遗忘的、被喧闹除名的一个角落。在城市建设日新月异的现代社会，这片发展明显滞后的城中“孤岛”似乎错过了现代文明的快车，显得有些不合时宜。在这片“孤岛”中有一个不起眼的小院落，一个三间旧砖房前带着一小片李子树果园的院落，我们称之为“乐耕园”，也称之为“李子庄园”。

“乐耕园”，其乐，是因为诸君乐在其中，分享愉悦、舒心、快乐之意也；其耕，是因为园主耕之有为，四季治田、耕读、收获之意也；其园，是因为同趣相聚成园，共同憩息、欢娱、酣畅之所也。

园主祁海涛、李延霞夫妻既是我们的文友，也是我们的挚友。他们夫妻俩都有让人羡慕的金融行业的工作，而且地位、收入以及生活早已经达到了我们这个年龄应该有的水准。他们日复一日不惜时光、不辞辛

① 作者为黑龙江省作协会员、小说家。

劳、不吝汗水，几乎整年都在这个庄园里忙碌。春季、夏季他们几乎每天下班就驱车十余公里赶到庄园播种、铲地、修枝、喂养家禽；到了秋季那就更忙，忙于各种收获；就是冬季，他们隔三岔五地还要到庄园去，主要是喂养家禽，顺便再看看庄园的角角落落。他们岗位上的工作已经很忙，还要如此额外地再加忙碌，很多人觉得不可理解：这样近似苛刻地挤尽了所有业余时间，而且过的是极其艰辛又单调乏味的农夫生活，到底会给他们带来多大的收益？挣钱真的如此重要吗？如果你没和他们交流过，便很难懂得他们的追求；如果没有亲身体验过这个庄园的氛围，也很难相信他们的追求。因为他们如此辛勤劳作不是为了经济收益，而是为了一般人不能理解的精神寄托和心灵感悟，按祁海涛的话说“就是为了不忘本，记住农民的本性，寻求大地的真理”。

祁海涛保持了自己农民出身的本性，找到了他要找的东西，从这个层面上说，祁海涛是自豪的收获者。这几年他在庄园里白天挥汗如雨辛勤劳作，夜晚在孤灯下与窗外寒星冷月相伴，清晨在旭日初照下听着啾啾鸟鸣，记录与大地的对话、感受微风的抚摸、思索自然的奥妙，逐渐领悟出属于他自己的、回归本真的、独辟蹊径的心灵感应方式，形成了归元、淳朴又有几分超脱的思想观念和价值观，以他独有的文学思路完成了《庄园日记》《李园杂咏》《李子红了》等著作，文学成就令人瞩目。祁海涛在与土地最亲密接触的劳作中，完成了他的体验、感悟、升华，完成了精神层面的耕耘与收获。这个含义上的“乐耕园”只有祁海涛他本人知道对他有多重要和多珍贵，我们作为好友只是部分理解而已，若是说完全理解，可能只有他的红颜知己李延霞。

“乐耕园”对于我们一群挚友而言是精神家园、思想公园、情感天堂，我们经常在这里聚会绝不仅仅是吃喝玩乐。当然，吃喝玩乐不是主要的，但没有吃喝玩乐是万万不可以的，不但要吃喝玩乐，而且情感宣泄还要酣畅淋漓，也许这是中国文人自古以来的一种秉性或者传统或者习惯，我们当然要保持这个秉性或传统或习惯。

春季，只要临近花开季节，祁海涛夫妇就不断在微信群里、朋友圈里提醒这些文友，唯恐这些我行我素、散漫成性、目无规章的文学泼皮们错过花季。于是，这些心灵游子们三五成群、吆五喝六地啸聚成队，涌向“乐耕园”踏青。满园怒放的李子花雪白耀眼，芳香飘出九霄云外，带有湿气的土地散发着亲切的气味。暖暖的阳光下女士们艳丽的着装使得春色更加多彩，景色更加华丽，氛围更加浓厚。女士们你呼我应、大呼小叫地在园子里撒欢，没完没了地拍照留念，选景、选角度、摆姿势，还要自带旗袍、不断更换、找搭档，她们远比花丛中采蜜的蜂蝶忙碌。而男士们大多数会信步徜徉，深深地呼吸带有微微甘味的空气，遥望蓝天下飘浮的白云，偶尔互相之间交谈几句。当然，每次踏青都少不了别有一番风味的农家盛宴，这是踏青的重头戏。席间一定是具有本地特色的文学沙龙，主题是文学，副题是荤素搭配、雅俗共赏、乡味浓厚的本地民俗文化的研讨。

夏季我们去“乐耕园”主要是在周末。名义上我们是去看望辛劳的祁海涛夫妻，其实这只是其中的一个理由，我们每个人内心都向往“乐耕园”那种自然、自由、和谐甚至有点超然的环境和氛围。围着烤炉吃着香喷喷的烤肉，喝着凉爽沁心的啤酒，交流三观，感悟人生，畅谈理想，是何等的惬意。酒过几巡，诸君微酣，大家会逐渐奔放起来，几乎每个人都无所不言、言无不尽，言重言轻无人计较，言对言错无人评判，言是言非无人关心，反正畅所欲言、酣畅淋漓、尽情欢笑就够了。在这里文友之间没有地位差别、没有利害冲突、不拘凡俗礼节，我们之间以共同爱好、共同志趣、共同梦想为纽带而形成的友谊显得纯洁、雅致、超凡，与朋友们交流犹如进入了思想健身房。问题研讨、答疑解惑、灵感乍现也往往出现在这个场合，除了祁海涛夫妇，我们很多文友也在这里找到了灵感，实现了观念、觉悟、境界上的升华。

秋季，李子成熟的时候祁海涛夫妻往往要雇一些人摘李子。我们一些文友若有闲暇往往要过去“帮忙”。我们这些在纸面上耕耘的文人动手能力有限，劳动技巧生疏，体力更是不敢恭维，尽管挑的是最简单、最省力的活干，但干不了多久就会腰酸背痛手无力，只好坐在一旁当观众。豁达磊落、性格爽朗、热情好客的祁海涛从不见怪，这时总会乐呵呵地安慰我们这些人，而性格细腻的李延霞往往会无微不至地关心和照顾这些力不从心的文友们。不仅如此，我们这些文友在“乐耕园”休息够了，吃饱喝足了，回家的时候许多瓜果、蔬菜等绿色农产品装进我们自驾车的后备厢里，这是他们夫妇的盛情，多年来我们这些文友已经习以为常。我们这些朋友吃遍了“乐耕园”里的李子、樱桃、桑葚、玉米等各种蔬菜水果，也经常带回家享用，我们吃的不仅仅是环保健康的绿色农产品，更有一种别样的滋味在其中。

文学夫妻祁海涛、李延霞做人如孩童般诚挚、淳朴、善良，做事如净水般清澈、剔透、彻亮，他们的热情、他们的好客、他们的大度在朋友圈里获得了交口称赞，这也是“乐耕园”成为我们文友聚会、活动、研讨场所的重要原因之一。

据祁海涛讲，当年买下这座不起眼的农家院落的时候，有自己和妻子业余生活远离城市嘈杂浮躁的一种考量，同时也有赡养过惯了农村生活的双亲的一种考量。开始，他是雇用一些人打理院子和果树，结果往往是入不敷出，而且雇人越来越难。双亲在老家暂时不愿意过来，本地动迁也遥遥无期，院子不能荒废，人手又不够，祁海涛只好用业余时间过来领着雇用人员一起干。劳作过程中，农民出身的祁海涛逐渐感觉到了从未有过的踏实感、充实感和收获感，于是，他索性自己打理起院子和果园。劳动量很大，在辛勤的劳作过程中祁海涛开始思考土地、劳动、收获甚至人生，他每天都记录自己的感受和领悟甚至内心的彷徨，一段时间后他发现自己的观念、思想达到了前所未有的高度，对问题的看法、见解也丰满了许多，于是，他知道他离不开土地了。至于他的作家妻子李延霞，说得更干脆简单："只要他愿意干的正事，我都坚决支持。"于是，这对文学夫妻开始了落户农村的"城市农民"生活。开始，一些文友只是带着好奇心来看看而已，而且，有些人唏嘘，有些人同情，还有些人觉得不可理解，但祁海涛、李延霞不顾这些，一直坚持自己的选择。后来有些文友看到祁海涛的观念的提升和文学成果，开始思考祁海涛、李延霞的选择，逐渐开始认同和赞赏。随着祁海涛文学成果的积累和事业的发展，人们开始对祁海涛的做法及这个小小农家院落刮目相看，于是就有了现在的"乐耕园创作基地"。至于"乐耕园"在祁海涛夫妻心中的价值，祁海涛的一句话能很形象地概括："给多少钱都不卖。"

祁海涛夫妻今天的"乐耕园"与当时的初衷相比，似乎有点"有心栽花花不发，无心插柳柳成荫"的感觉，但仔细推敲起来却是因果明显、花开结果、瓜熟蒂落的过程。祁海涛夫妻的同心协力以及祁海涛本人对土地的眷恋与热爱、对事物的探索与思考、对文学的不懈追求，还有诸多亲朋好友的理解和支持，造就了今天的“乐耕园”。有人说过：“播种一个行为，你会收获一个习惯；播种一个习惯，你会收获一个个性；播种一个个性，你会收获一个命运。”这句话对我们所有人都有启迪作用。

中国人历来以“耕”为本，若再加一个“读”已经是超脱释然之举，何况还有一个“乐”伴其左右，可见一个小小农家院落因为其功能而储存的深厚底蕴、因为其作用而体现的丰富内涵、因为其影响而彰显的广泛影响，“乐耕园”已经含有了其特有的文化内涵，形成了标志性文化印记，具备了传播、推动、引导本地区文学发展的功能。著名小说家王阿成、著名诗人范震飙、评论家谢幕、金融作协副主席龚文宣、陕西金融作协副主席吴文茹等名家来访做客并留下珍贵的诗章，使“乐耕园”成为省内外比较知名的文学研讨场所。

2019 年 5 月 30 日于齐齐哈尔

第一辑

白 夜 集

雾起葡园

我从来没想过会将一两场薄雾当作鬼魅之类的化身，去致以无限的迷茫和沉忧。今年这种事情连续发生了两次。一次是大年初二早晨家乡的那场雾凇奇观，小山村被包裹得严严实实，至今觉得蹊跷。再一次，就是今天早晨东邻葡萄园那一团怪异的晨雾了。

入伏后，南方的大雨一路气势汹汹地北上，越过华北，进入东北，朋友圈疯传，也就三两天工夫，就落到鹤城了。各个单位皆抽调了壮士，迅速进入嫩江防护大堤，使人不由忆起 1998 年那一片汪洋、那一片战栗……对于将至的一场大雨，市民们自然抱怨，抱怨给生活带来的种种不便，而我的心却连着城郊的果园，连着久旱盼甘霖的农民兄弟，心里自然暗喜了——俗话说什么蔓结什么瓜，什么阶级说什么话嘛！一个多月的炎热没下一场透雨，田间绿的玉米、绿的土豆、绿的大豆，一片片枯黄了；果园里的树木、菜园里的秧苗、小区里的花朵，皆岌岌可危，仅仅依靠园丁的辛勤来维系生命呢。每到种菜季节，我就成了乡下母亲的“天气预报”。母亲经常来电话问：“明天有雨没雨?”一问一答中，增添了许多母子交流的快乐。这次风闻有雨，母亲问啥时候到，我说快了快了，俨然自己是龙王爷，一定能兴风送雨回老家似的。

昨天，雨真的落下来了，只是一阵淅淅沥沥的小雨。龙王爷与人开了个玩笑，便无影无踪了。急急忙忙到庄园检查墒情，妻子比画一下沾着泥土的食指说：“下这么厚，也就一指厚！”这预示着抗旱仍是主题。头夜，为果园浇水到凌晨，早晨鸡鸣二遍，天刚蒙蒙亮，我就爬起来，压着被露水打湿的井把，继续引水入渠，听见“哗哗”的喷涌声，滋润果树禾苗，我的心才算安稳。若在白日，我会“坐看云树上，行听林水边”，享受对话自然的美好。可此时我有些疲倦，打算去睡个回笼觉。我手拎铁锹，穿出李林，走到枯杏树下，突然被眼前的一幕缚住了脚步：一团雾气蒸腾着，从东面的葡萄园飘飘忽忽而来！方才还是晨曦朗朗，怎么转身工夫就现出了雾气升腾、仙云缭绕的景象了呢？

在丝丝迷惑和不解中，我精神恍惚进入了回笼梦乡。

乐耕园东侧，隔一家，有个葡萄园，小溪水一般白亮亮的塑料大棚常年在眼前闪着银光。尤其白雪皑皑时节，大棚里绿意浓浓、生机盎然的景色，更使人充满憧憬。葡萄园的主人姓刘，邻居都叫他小柱子。小柱子是十五年前随着农民工进城的潮流到此定居的。当时农垦庄园初建，价格很便宜，他买下后种李树，媳妇到集市上摆个水果摊，日出日落，早出晚归，小日子很快就红火了，渐渐购置了楼房、门市房、小轿车……农民工的进城梦，一个个在他身上实现了。初到庄园时，我很羡慕这一家人，因为老家的农民，包括自家亲兄弟、堂兄弟，很多在打工路上漂泊，艰辛地前行。

小柱子种的李子，是初建庄园时统一栽下的“绥满三号”，这个品种特点是个头大、甜度高、水灵口感好，可弱点也比较突出，收获期特别短，从李子成熟到落地，也就十几天的工夫，不及时采摘，收获就变成了背叛，一年的辛勤汗水眨眼就会付之东流。农民是市场经济潮流里的旱鸭子，小贩子却是遨游的精灵。瓜香李红，他们穿梭田间果园，无所不贩。精灵们在三号李子的弱点中嗅到了商机。最便宜的时候，两三毛钱一斤就可取货运往外地。每年李子红时，李园的街巷常出现这样悲催的场景：面对小贩子的无情压价，果农强装笑脸，抢回空箱子，烈日下混着汗水和泪水，摘下一箱箱红通通的李子，仅以土豆白菜的价格批给小贩子。而胸前挎包、嘴叼烟卷、不停用手机“嘚啵嘚啵”联系业务的精灵们，一夜之间，有时比果农一年挣得还多。

市民贵买，果农贱卖，两头敲诈，作为现场目击和亲身感受的人，我常常为此烦忧不止。睡不着觉时，我为此想到了市场经济秩序规则，想到了阳光的农业保险，想到了时尚的订单农业，甚至有预见性地想到了农民与市民直销的那一天，那一热闹的公平的绿色场面……我想了很多很多，可我发现自己仅是个上班族中的小卒，想也是空想，在果农的精神世界里瞎掺和，找心烦，其实我什么也做不了。

小贩子又是救星，又是梦魇。小柱子媳妇摆水果摊，李子自产自销，境况虽好，但依然与高贵的葡萄相形见绌。小柱子辗转纠结之后，决定毁李易葡。可种葡萄不比种李子，除了挖沟、施肥、购苗、栽植、立杆、扯线的一次性投入，还有绑缚、掐尖、打杈、喷药、浇水的日常管理，很麻烦，需要人手。他把正愁没出路的弟弟一家从农村请来，哥俩一起干，伺候葡萄的，卖水果的，两股绳拧成一股绳，你来我往，干得热火朝天。落雪了，还杀一口年猪，喝个人仰马翻，宣泄过去一年的辛劳，憧憬下一年的希望。

我对妻说："这是一幅农民进城致富的美丽图景啊！"

初秋纳着微凉，果区一片殷实厚重的收获景象。又一年葡萄挂紫，李子泛红，周末一群文友相聚乐耕园庆丰收，酒兴诗情未尽，一个个带兜早红的李子乐颠颠地回到忙碌中去了。我和果农们一样，都沉浸在即将收获的期待之中。熟料深夜一场大冰雹，把果园区砸得万劫不复，李子残果满地，小柱子的葡萄园损失更加惨重，我去问候时被眼前的一幕惊呆了：积水灌满了葡萄沟，满架快熟的葡萄伤痕累累，为了不影响下年挂果，好葡萄伤葡萄只好统统剪掉、倒掉……

这凄惨的一幕已过去五年有余，可小柱子媳妇当年在胡同里跟在倒葡萄的小推车后面边走边哭泣的场景，久久挥之不去，像梦魇，像心结，像一根牵绊农民命运的引线，随时会在我的心头点燃。还有，遭遇雹灾后，果农们围在村路上分析原因，最后将责任推给传说中的秃尾巴老李，抱怨龙王爷不该回家为母亲上坟，雹打一趟线，糟蹋果园的无奈，至今使我的心头有一种沉沉的负担。五千年农业文明古国，仍然逃不脱依靠老天爷吃饭的阴影……

庄稼不收年年种。我们伟大的农民就这样坚忍而执着地走过了五千年。又是一年的埋葡萄、起葡萄、绑葡萄，收获之痛随着汗水光阴渐渐消弭了……可冬天一场极寒天气，葡萄又大部分被冻死。被逼到墙角的小柱子硬折不弯，东挪西借又凑十万块，给十五亩葡萄扣上了塑料大棚，对外宣称是防旱、防寒又早熟。但冬天随之而来的一场暴风雪，把大棚给压塌了，又损失几万块，活脱脱一个"屋漏偏逢连夜雨，破船又遇顶头风"的典型。修大棚占用了弟弟一家一年的工钱，弟媳妇是个不好惹的跛子，急了，一顿吵闹，拽着弟弟就跑回老家了，临走时还扔下一句话："我儿子要挣钱娶媳妇，没时间陪你瞎折腾！"

连续遭遇雹灾、冻灾、雪灾，小柱子心头早已是雪上加霜，又闹得亲兄弟各奔前程，他的致富信心几乎跌落到了谷底。弟弟一家走了，他托人到乡下雇用了一对五十上下的夫妻，一年工费一万八。我闲暇深入李园耕耘，时常看到葡萄园仍然很热闹的忙碌场景，总是不由自主为小柱子出一口长气。一天，遇见小柱子拉一车葡萄从胡同路过，我关心地问："今年还行吧?"他晒黑的脸庞抽搐一下，苦笑着说："行啥行！一年白忙活啦!"

一算账才知道，他一年葡萄卖了五万块，仅够场部提留、雇人、粪肥和农药的费用，他一个身子白搭进去了。我安慰说："不行想想其他出路吧，别这么死耗着。"他苦涩地说："那咋整，也不能干瞅着葡萄扔喽!"

说这番话时，小柱子一脸的茫然。

后来听说，为贴补葡萄园，小柱子把市里门市房卖掉了。再后来实在支撑不下去，他就写了一块牌子，挂在路边电线杆上出卖庄园，因挤占耕地红线收紧，庄园耕地性质无法变通开发楼盘，传播几年的动迁谣言销声匿迹，所以市场低迷，无人问津。今年开春，小柱子只好迈着沉重的脚步，继续雇人起葡萄、绑葡萄、浇葡萄……又开始了新一年的劳作。到李园劳动，每次看一眼太阳底下闪着银光的葡萄园，我的心都揪一下，像有什么东西堵在心口，隐隐的，沉沉的。

清晨，我的回笼觉被一阵狗叫和鼎沸的人声吵醒了。起床透过后窗一看，一队穿得五颜六色的城里人，打着小旗，正接二连三地从门前的胡同穿过。远处，传来了小柱子熟悉而沙哑的疏导游客声："这边！这边！……"我一阵喜悦，急忙喊来妻说："快看！葡萄熟了，城里人来采摘了，这可是个好兆头！”

妻的脸上顿时漾起了笑波。就在那一瞬间，我灵感突现，一下子破解了葡萄园上空那团怪异的晨雾——噢！原来那是祥云缭绕啊……

2016 年 8 月

开 园 日

李花开繁之日，邀一干文友到乐耕园“开园”，转眼九年了。

今年开园这一天，女人要种豌豆。

我去清理园门前的一块空地，挪旧立柜，抱葡萄枝子，翻地，平地，累着了，身体有些不舒服。

停下来休息。回到院子，背着手，踱着步，打量院里的菜园子，心想，把前几天装修“文学基地”腾出来的垃圾卖给收废品的，就该栽秧子了。

这时，女人打屋里出来，到车里取东西。“砰”地关上车门，手里拎一大包行李，刚想进屋，突然站住了，转过脸，一脸狐疑地对我说：“你干啥呢?”

我没吱声，心想，要不是不舒服，那个大包我是要过去帮她拎进屋的——早晨我拎下楼，很沉的，足有二三十斤!

力不从心。

女人见我没搭茬，没说什么，就进屋去了。

不一会儿，她从屋里喊：“给我找个干净桶，装水!”

得到窗户飞出来的命令，我不假思索地去仓房找那一只装干净水的黑桶，最后在蔬菜大棚找到了。

进了大棚，我并没拎黑桶出来，而是欣赏了一遍蔬菜和各种秧苗。尤其是水灵灵的小白菜，眼瞅就能吃了，再大一点就不水灵了。心想，后院王看屋给的小白菜，楼上冰箱里还有，紧着吃还没吃完，女人夸老王菜种得好，激起了不服输的劲儿，回来自己也种了。

现在，看着长得很快的小白菜，居然为一时吃不了发愁，我心想，奢侈过头了。

挨着小白菜的，是女人一起播的香菜，出得齐刷，像一群列队的小士兵。我心想，女人今年香菜种得好啊！

拎桶进屋，满是热气。灶膛里正燃着木头火，能听到“呼呼”的着火声和房顶引风机“呜呜”叫的声音，一锅水，翻花开。女人说，用桶淘出来，擦地收拾屋子用，不能在锅里由着性子冒热气。

然后，随手接过黑桶，淘开水去了，边走嘴里边说：“你该干啥干啥去吧！”

这一句，终于使我有些不悦了，我随口说：“我有点不舒服。”女人马上不情愿地改口说：“好好，算我没说！”

我往出走，顺手把后窗户也打开，放热气，感觉还可以，就蒙上口罩，戴上遮阳帽和胶皮手套，进了林子深处。

外面是假阴天，本来不用戴口罩和遮阳帽的，习惯了。

田间劳作，这可能是我与男性农民的唯一不同。

抱着板锹、锄头、耙子，边从葡萄沟向林子里走边想，王看屋今年干活有些拖沓，葡萄都放叶了，土还没清理完。又一想老王这人挺好的，白吃了人家一春天的小白菜，怎么好意思说人家？反正也不差这几天，等等吧。

东院姜家也上人起葡萄了，还说："你们早都起完了。"我说："你们会算，不起对了，昨天雨夹雪，没冻着。"

听我这么一说，一向沉稳的小姜老弟顿时把眼睛瞪大了，疑惑地问："昨晚有冻吗？没有吧？"我嘿嘿一乐，不回答，不瞅他，低着头，径直去南地头平整玉米地去了。

五年前栽的山葡萄，赶上风头紧，没人敢再占用耕地动迁，果实结得多，但不挣钱，春天抠掉卖了，一块钱一棵，卖了三百七十块。当时我还与路北四家子方向过来买葡萄苗的妇女开玩笑说，种五年，终于见钱啦。

把栽葡萄为动迁的妇女蒙着面的嘴逗得乐出了声，尽管买大葡萄苗占了便宜，仍然啧啧惋惜。

葡萄地腾出来，土豆栽上了，再没什么可种，就与女人商量，种黏玉米，来时还到路边常去的种子商店选了两种放心的玉米种子。那家女主人一脸笑面，合作几年了，很愉快，我还把她写进了长篇《李子红了》。

买完玉米种子，女人说："去年娘种的黏玉米还有那么些。"我说："再吃老太太种的黏玉米的机会不多了，我们自己偷偷先种吧。"

说这话时，一朵乌云在我心头掠过。

平整一会儿玉米地，还是有些不舒服，就拣轻的干，去捡遗落的小葡萄枝子。捡完了，就坐下来歇气。林地中间水井的位置，原来大作家阿成两次来园坐过的木椅子，文友们都上去接仙气照相，加之照顾不周，风吹雨淋，散架子了，今年春天又摆上一把新的。

现在，我坐在上面休息。

看着眼前的李花，控制不住自己，又取出手机拍照，其实这几天，早已拍得足足的了。

看看文友建的“一杯浊酒喜相逢”微信群，想知道文友要来拍照，联系得怎么样了。只见去上海的女子说：“我现在乘飞机往回赶，等我哟！”一位一直没露面的男文友突然出来回应：“欧耶！”另一位女文友马上说：“你终于从牛圈里冒出来啦！”

男文友微信名里有个“牛”字，逗得我心里暗乐，心想这个女人的嘴真厉害。

接下来，听本土女作家的散文，在李花盛开的林子里，还是头一次，感到读的文章，与听的文章，大不一样。大姐的散文写得很棒，末了男人评价老女人那一句：“哦，你这妖精！”又一次把我逗得一个人在花海中笑出声来。

这时，我在心里对屋子里干活的女人说：“哼！一个人偷偷歇一会儿，真惬意！”

然后，像偷了什么东西似的，左右看看林子里没人，急忙大模大样平整玉米地去了。

2017 年 5 月 9 日午作于林间休息时

高三和他的女人

路西荒着的一片耕地，到底要种什么呢？

这家夫妻四十出头，过去种了十亩地山葡萄，正是旺果期，今年春天刨掉了。青春期的山葡萄，遭遇万劫不复的厄运，尽管我心里清楚个中缘由——不动迁，不值钱，刨掉乃果农无奈之举，但乍看上去，仍为这对夫妻几年的辛苦和眼前的惨烈惊恐不安。

五年前的春天与今年的春天别无二致，岁月静好，春风和煦，可是五年前那个春天到处弥漫着庄园要动迁的气息。乐耕园的周遭如火如荼砍李树、栽山葡萄（贝达）的场面，至今记忆犹新。连我这个“并不谋利”（阿成语）的旁观者，也被撺掇着清理了一畦菜田，挖了两沟山葡萄。原因只一个，动迁风声紧了，动迁脚步近了——通往省城的公路北侧，远离市区的住宅楼已建至二期，常买鸡饲料的一家店铺亦拆扒占用了，郭饲料几次满面春风地眯起眼睛对我说：“动迁给了六十万，外加两栋楼房！”最诱人的是他后补上的那一句：“你们路南也快了，我听说三年内全动盖楼，你还留那破李子干啥，赶快栽葡萄吧，要不然到时候人家都得那么多动迁款，你不后悔啊？”于是我和妻子商量，迟疑着毁了一块菜地，栽了两垄山葡萄，但李树一棵没伐。不为谋利的思想使然，乐耕园成了几百户李园中，少有几块未被“干掉”的另类之一。

西面这户邻居，也是砍李易葡世俗中的一员。暴利面前，芸芸众生，几人能无动于衷呢？从众心理和发家致富的良好愿望可以理解。分田到户三十多年，农民在大集体的捆绑下放开手脚，一直在古老的土地上做着各种致富发家的实验，从未停息。而这次突然传来的致富机遇，其实开始就有一双看不见的手，把市郊这片珍贵的耕地和耕地上的主人一步步推向了深渊。

那么推手究竟是谁呢？我们至今无法判定，但有一个基本脉络尚可以厘清。当时城市扩张的脚步与日急促，南市郊动迁欲建新城，制订了一个补偿方案，按单位面积计算，葡萄树要比李子树补偿费高出许多。这个文件我看到了，并兴致勃勃地介绍给邻居。我上班拿着薪俸，可淡然不理，但对于农民，土地可是他们的命根子啊！

原本新开垦的创作生活净土，小荷才露尖尖角，会不会梦断城郊，梦断姹紫嫣红的春天？我也害怕，也忧虑。

可隶属于农垦系统管辖的地界，与政府动迁暗连着一种怎样的互动关系呢？我的迷茫也是大家的盲从。前有车后有辙，农垦动迁也少给不了，干吧！纠结、阵痛之后，东施效颦，哗的一声，一哄而上，流着泪，淌着汗，果农中的五分之四，将农垦多年前统一规建的庄园——这个助力他们发家致富的蓝图，在暖融融的春天里，棵棵枝枝地亲手毁掉了。桃花源一样茂密的李园，顷刻夷为平地，然后吵闹着抢光山葡萄苗，重新栽上。新的发家致富梦拉开了序幕。当时如火如荼的惨烈景象，把我冷静的心搅乱了，也孕育了长篇小说《李子红了》。

人们把这个惊天动地的壮举，归功于市场的功绩——那一双似是而非的看不见的手，一双利益最大化魔力无穷的手。果农浮上浮下地恣意畅游。

路西的这一家四十出头的夫妻，也涌入了这股洪流。怕抢黄金被落下似的，他们不知疲倦地砍李子，挖沟，施肥，栽葡萄，灌水，立水泥桩子，拉铁丝线，秋埋春起，像千万农家一样，编织着美丽的致富梦。有时，男人出去打零工，有着姣好身材的女人穿得花花绿绿，遮阳帽下蒙着粉色纱巾，一个人在家门前这片生梦的葡萄园里风雨劳作。偶尔，也能看到打工的男人回家团聚时，早晚帮把手。男人不愿说话，但善于凝望——有时我开车拉着妻子出了乐耕园的胡同，拐上水泥路去上班，倒车镜里总能望见面色黝黑的男人停下手里的活，木然如大地里的水泥桩子一样，盯着轿车的背影，目光久久不愿移开。下班赴园，由于总是在他的园头向左拐进乐耕园的胡同，他一定认得我是他的一个邻居。每次在倒车镜里看到他凝望的样子，我都猜想，这位农民兄弟在想什么呢？一辆普普通通的轿车会这么使他好奇？

我知道没那么简单，但又说不清楚复杂在哪里。我们生活在一片田地里，但并非一个世界。

我几次产生与他搭讪的冲动，但终未果。我是一个十分愿意和邻居们谈谈他们生活境况的探秘者，为的是更好履行一名写作者深入生活的职责。但前提是对方愿意。为此我跟乐耕园周围的很多邻居相处甚好，我的很多写作素材都来自于我的“做人要主动”原则。但在这个男人凝滞的眼神里，我几次感觉他只想在背后偷偷凝望，不愿与一个陌生人当面交流。因为我每次走近时，他都扭头干活去了。

本来走近了，又远了，既熟悉，又陌生。我不知道到底是一种什么原因使他对城里人产生了隔阂，并且显露出了那么一点点自卑的情绪——我能捕捉到他的这一点点，是因为我也曾经是农民，心灵深处，总是有那么一点隐秘的自卑。还好，我把这一点可贵的自卑化作了超越的一种理由，而他呢？

他的女人从不愿凝望。他的女人从来不随便停下手里的活，扯风望景，从来都是一心笃定地劳作、劳作，以致住了几年邻居，我都不识她庐山真面目——有着姣好身材的她，一定还有着姣好的面容吧？男人都喜欢这样猜测背影苗条的女人，转身之间貌若桃花而非容嬷嬷现身。这缘于尊重异性的一颗善心，男人的爱美之心。如此这般，每次路过，我都向妻子夸奖几句："这女人真能干，葡萄田伺候得干干净净！"然后还常忘不了补上一句："这样撅头挖腚地干，迟迟不动迁的葡萄园，亏她啦！"

再后来，她男人的身影在那片洒满汗水和泪水的葡萄园里消失了。邻居说，你说的是高三吧，他去市里一个建筑工地打工了，听说是干上缆车往高层扛料的活，挣得多，但也危险，那活儿没点胆量和体力干不了。他们家的孩子念高中了，花销越来越大，不冒险上高咋整？

我像被什么东西刺了一下，心底顿升酸楚。是啊，包括在外打工的叔叔、兄弟，哪个农民工不是背井离乡，冒着风险，供孩子读书，维持生计？打破城乡壁垒，编织城乡一体化的蓝图里，当下农民恰好立在了历史性的节点上。他们今日的大波大折，有朝一日终会换来城乡的大同。他们的功绩也许被历史牢记，也许会被滚滚的发展洪流所淹没，但今天的改变却使他们纠结、痛苦、跌撞和承受。可没有改变，哪会有未来呢？不知不觉中，当今栉风沐雨的农民兄弟都成了历史英雄，无论是出去闯荡的壮年，还是在故乡守望的妇残童叟。

一天，我和妻子开车上班，高三的女人摆手搭车。聊天得知，她去市里一家服装商店应聘服务员了。我说出去干点比种葡萄强。她说可不是咋的，真耗不起了，费工费事不挣钱，这山葡萄坑死人啦！她说这番话时，露出了不整齐的牙齿，但丝毫不影响她淳朴的天然之美。将高三的女人顺路送到公交车站点，看着往日泥土里的农妇穿着焕然时尚，但追赶公交车的背影依然像田里驱赶鸡鸭一样泼辣，我的胸膛里陡然亮起了一盏明灯……

夫妇外出打工，干净的葡萄园撂荒了。每次路过，见往日水灵的山葡萄东倒西歪，杂草丛生，我心里都“咯噔”一下。去年冬天，往年埋入土底安然入睡的葡萄迎风傲雪，枯黄瑟瑟，使人有一种说不清楚的凄凉之感。

五年的动迁梦，终成泡影。被山葡萄折磨得没着没落的果农们，又被逼迫着开始改变了。

今年开春，很多果农又把山葡萄刨掉了，改回来重新栽上了李子。五年的时光，去兮来兮，果农像跳舞一样原地打转。是谁使他们成了舞台上的一群小丑？继续坚持的人家，把葡萄从土里起出来，灌水，绑好，几天后，黑黢黢的葡萄枝就生发出新芽，十天半月，便满园绿莹莹一片了。望着眼前的景象，你会由衷地感慨，大自然神奇极了。但大自然只管风调雨顺，哪管丰产丰收？妻子怜惜地说：“咋整，明知道赔钱，也不能扔了这些可爱的生命不管呢！”一句话，使我听到了勤劳、朴实、珍爱土地的果农集体倒出的一丝无奈。

高三家一冬没埋的山葡萄，迟迟未发新叶，在宽大的葡萄沟上苟延残喘，使人顿生凄凉之感。一天下班赴园，见高三葡萄园有五六个人在忙忙活活，路边停着一辆偌大的卡车，抬水泥桩子的，抠葡萄的，暖融融的春阳下，人声嘈杂。几只喜鹊“嘎嘎”飞上路边的山丁树，远远地注视着遭遇不测的家园。

显然，高三家的葡萄园也毁掉了。

妻子问毁了种什么，我说不知道，反正不能荒着。过了一些日子，正是家家户户栽秧子的关键时期，我见高三的媳妇一个人拿把铁锹，戴着鸭舌帽，围着那条粉红色的头巾在围堵破旧的篱笆墙。我对妻子预测说，看样子是要栽茄子辣椒什么的。栽秧子的高潮过了，高家仍没有动静。再路过，我心有些发慌，保不齐要撂荒吧？电视上说如今农村出现了弃耕的现象。

我固执地想不可能，高三女人这么能干，土地怎么白白地撂荒呢？说不准要种饭豆，这个还要过几天撒籽。

到了种饭豆的季节，高三家的地仍然纹丝未动。我对妻子说：“不是种饭豆，十有八九种秋白菜，这么大一片地，能产几万斤。”妻子不语，很明显，她不置可否。

两场雨过后，李林日渐荒芜了。我学果农——我这个业余农人就靠模仿果农过日子，趁早晚阴凉，业余进入了紧张的除草之中，还雇后院的王看屋帮忙。六月下旬，桑葚黑了，樱桃红了，客人们来园品尝避暑，都夸奖果园伺候得干净。我谦虚着说：“往年还行，今年干不过来了，都是那几垄山葡萄闹的，要不是把南半截山葡萄刨掉了，更麻烦！”

而高三家的地仍然荒芜。一天路过，见园子突然冒出来一群大鹅，我心头一喜，这个怎么没猜到，原来高家是想利用这片草地，圈养一园绿色的大鹅。

今晨，小雨初霁，我去买早餐，车过高家葡萄园，我被眼前的美景惊住了：嚯！往日杂草丛生、凄凉的荒地，一垄一垄的沟沿上，开满了粉色的、紫色的牵牛花，淡雅，温馨，灿烂亦高贵。一群雪白的大鹅在其间觅食青草，嘎嘎嬉戏。我进屋兴奋地对梳头的夫人说："你没看到，那真是一片美妙的世界！"

2017 年 8 月

陪母亲一起种时光

母子之间互相交流带来快乐的方式有一千种、一万种，可分居两地，远隔数百里，通过沟通稼穑技巧而带来快乐的交流方式，别说乐耕园的客人不会想到，就连我这个蹩脚的乐耕园园主开始也没想到。人间怎会有如此奇妙的母子交流方式？我想，这大概就是曾文正公“但问耕耘，莫问收获”所隐喻的禅机吧。

乐耕园的客人品鲜尝新之余，免不了夸赞庄园主人勤劳、能干，哪个会在意其实唇香之上，却有一份乡下母亲的功劳呢？

难怪！不在奥妙之中，怎解其中奥妙。况且这奥妙，仅仅属于承载母子之间心灵感应的一座独特的桥梁。

母亲是乡里人人竖大拇指的“种菜大王”，加之有脑筋灵活，可动起手来却略显笨拙的老父衬托，更加突出几分“穆桂英”式的英雄气象。每当母亲稼穑有了收获，常说母亲种菜多是累赘的父亲，态度都立刻来个一百八十度大转弯，马上夸奖母亲说英雄啊英雄。遇见这样的场景，我心里自然高兴，为母亲的勤劳，也为父亲的机巧。可是摆脱了穷山窝，进城上班二十多年的儿子，却放下养尊处优的福不享，去城郊经营一片果园，闲暇过起了农夫生活，转述侄子在爷爷过生日时引用的一句话，已是“八十可以杖于朝”的父亲，也无法不对儿子的“壮举”充满了疑惑。望着老父皱纹里的疑云，我回忆起三十年前在老家的小县城，天命之年的父亲坐在一条街路的旁边，看着嘈杂的人群，吸着烟袋，为我的前途担忧的一幕。七八年时间，父亲几次进城暂居，入郊巡园，父子二人把酒言欢时，我也倾吐过其中奥妙，可被称作乡间智叟的老父亲，心中的疑云仍然无法释怀。这使我不由想起了客居上海的一位造诣深厚的文友对我行为的评价，我的做法他已不能多说什么，因为已经超出了他的认识范畴。而我，却继续按照内心的召唤，晨听麻雀叽叽的觅食，夕看喜鹊喳喳的归巢，与荆妻朝耕晚播，盘桓树下，于喧闹的浮尘之外，倒也享尽了隐身于东山之静，乐耕于农夫之喜，绿食于市民之忧。可农耕之事科学万端，经验累年，非酒肉之人、舞吟之士随心所欲可得。我又是个憨人，做事较真儿，入园初始，除果木剪枝、喷药之事问于邻人，种菜、养鸡、捕鼠，皆依赖于乡下的母亲帮衬了。

且不论各种菜籽春节期间母亲悉数包揽，便是春育、夏播、秋收，一个个环节的把控拿捏，哪里不是母教子学，一次次，一年年？每至春耕，母亲告知老家栽秧子了，我不敢怠慢，推掉酒席杂事，与妻赴园翻土、备垄、浇水、施肥，将自育的秧苗，或移出墙角的塑料大棚，或移出楼房的阳台，一株一株水灵灵地摆在阳光下，像把春天移出来了似的。一年，手里拎着桶去鸡架里撮来鸡粪，却忘记如何施用，立在垄旁发呆。妻说问问娘。我面带难色，说去年问过了再不好意思张口。于是硬着头皮栽了。恰逢母亲来电话查验，得知儿子的栽法错了，母亲厉声说去年不告诉你了吗，鸡粪烧秧子，要用清土隔开！我和妻子面面相觑，心里却感激母亲使乐耕园的绿色计划没有付之东流。毁地重栽是必须的，从此再不敢造次。经过几次教训，妻敲打我说不听老人言，吃亏在眼前，并给母亲起了个别名：场外指导。凡拿不准的农事，她要么手握锄镰，要么手攥种子，一动不动地立在那儿，催促我说问问，问问场外指导！

每逢这样的场景，其实我打心眼儿里为母亲自豪。时间久了，便对母亲产生了崇拜感、依赖感。播种之前，不管心中有数没数，皆先请教一番。每次听着母亲在电话那头面授机宜、交代详细、不厌其烦、头头是道的时候，我像畅饮一泉甘甜，沁心入脾，美妙极了。

母亲何尝不是呢？农忙季节，几天不去电话，她便主动打过来，问这问那，了解一番，忠告一番，快言快语的母亲，常常不等你多问，就连珠炮似的讲完，迅速挂断电话，忙她一箩筐的种菜养鸡之事去了。此时，妻总揶揄地说怎么样，又给你撂了吧？母亲几天不来电话，我又心里长草似的，挂过去问这问那，请教一二。果然，母亲有时忙起来，不是忘告我黏玉米应播了，就是忘告我晚黄瓜、晚豆角该种了。过后，我一边补种，一边不止一次地在心里对自己说：我真有一个聪明的母亲！

入园后，每逢春天，母亲都孵化一些笨鸡，拿来园子饲养。鸡雏是老鼠的美味，经常遭到咬食。曾经有一年满箱子的鸡雏一夜间不翼而飞，秋天在夏屋的炕洞子里发现了踪迹。瞒过初一瞒不过十五。母亲知道了，心疼说白瞎了，多好的大鸡崽子！然后说家里也有很多的老鼠、松鼠、花鼠（大眼贼），都让她用耗笼子给扣住了，然后用水浸死。一年秋天，母亲对我说春夏秋三季，她一共浸死了一百五十六只老鼠，听得我浑身直哆嗦，心说这老太太真够狠的，弄死也就罢了，竟然一只一只计数。母亲建议我也买回一个。我照办了，果然奏效，一个冬天扣住了六个大老鼠。看到老鼠在笼子里团团转，我心里默默地说：老鼠啊，你不能怪我，我乡下的娘才是你的克星啊！然后电话报喜给母亲，博得母亲在电话里一阵“咯咯咯”的笑。儿子的成功极大地鼓舞了母亲。一次回家她送我一个耗夹子，说这家伙比耗笼子更好使。果然，我拿回来下在车库的洞口，又灭掉了很多老鼠。去年，大雪封园，老鼠从下水道钻进了屋里，祸害粮食，嗑破了电视天线。我束手无策，报告了母亲。春节回家时母亲给我包来三种耗子药，回来下到各个角落，横扫五鼠，茅舍安静如初。好友获悉后笑道：即使“五鼠闹东京”，也没你老母亲厉害！

家乡矗立在小兴安岭余脉的丘陵地带，是世界上宝贵的三大黑土地之一。不过气温低，嫩江岸边已是绿意盈盈，那里依然是冷风瑟瑟，残雪留阴。寒冷不适合娇嫩果木的生长，自种果树自然成为当地百姓的一种奢望。盛夏时节，庄园的桑葚黑了，樱桃熟了，李子红了，我都争取摘回去一些，给老人尝鲜。有时忙，回不去，望着满园红通通的果实，心头忧忧郁郁的。去年端午，得知老家茄子没下来，我返乡时特意把车拐到园子，摘几个带回去，既给老人品尝，也有炫耀之意。没料到的是，妻将香喷喷的茄子端上桌，母亲却一口不动，满脸布下了乌云。我瞬间恍然大悟，学生怎么能比师傅种的菜蔬先下来呢？偷偷望着孩子似不高兴的“师傅”，我从心底里为体弱多病可过日子劲头不减、不服输的母亲高兴。

“父母在，不远游”的古训时常在我耳边响起，可是城镇化建设的步伐越来越快，进城的农民越来越多，每年返乡与老人团聚一次都堪称奢望，而我一两个月便可回去一次，远比打工的兄弟幸运很多。况且，还能按意愿选择自己喜欢的休闲方式，耕耘果园的同时，又与乡下的母亲实现了两地耕耘，母子情深，真的是一种别样的“戏彩娱亲”了。

此刻，望着窗外飘洒的雪花，我想，那个陪母亲一起种时光的春日，又将近了。

2016 年 12 月

养 狗 记

一

旺旺第三次挣脱绳索逃跑，一个月没回来。我清楚，这一次，陪我六年半的一条狗，将永远地去了。

其实开始，对于旺旺的离家出走，我无一点忧伤之感。就像初秋时节，因收获的癫狂，幸福感笼罩得密密匝匝，即至傍晚，李林里明显可感寒潮来袭，也不愿去面对悄然已近的冰雪之冬。

人有时是自我欺骗的。很多时候，一件伤心的事情发生了一些时日，也不愿面对现实，而用混沌去麻木自己。人生一世，草木一秋。流逝的岁月里，总会有一些人和事不经意地与你伴之长，情之深，有时爱恨交织，一时乃至终生无法剥离。这种有几分麻木的自我欺骗之情绪，着实可以代替千安万慰。

狗私奔的最初时日，我就是这种感觉。我沉浸在收获的忙碌和喜悦里，以无暇顾及暗中安慰自己。东邻姜大娘对我说：小祁，你还不去找找？我说：这狗是不想在这儿待了，走就走吧。姜大娘目光紧锁，夹带着怀疑说：你也唯心了？

八十老妪的一句诘问，戳穿了狗主人自我欺骗的内心。

二

一条喂养六年多的看家狗倏然丢失，主人无动于衷，谁会相信呢？

进驻乐耕园的第二年，正月十六，妻子突然从单位打来电话，激动地说朋友送来一只串种的小狼狗，命我抱回。我急忙离开文友聚会的家宴，驾车把狗接去园子，交给看门人老王，并顺嘴给小狼狗起了个极其普通的名字——“旺旺”。看着纸箱里憨态可掬、行动笨拙的旺旺，我没想到，它与我的缘分竟会那么长久。它原是上帝派来的使者啊，两千多个日日夜夜，脖子上套着一根绳索，晨风暮雨，喧嚣静谧，忠诚不渝地陪着我走过了一段经久的风雨岁月。

狗一天天长大，像孩子一样每天都留下成长的痕迹。它也见证着一个壮年男人，与发妻远离喧嚣，抱朴守拙，在苦汗之地自度成长，间或纠结，不失进取，交替农耕和笔耕，直到“摘回荣誉挂草檐”，事业上获得至高奖励，写作上诞生“乐耕园三部曲”的立体人生。也许对贫困人群关注过多，我对城里人浪费钱财和精力去养宠物狗，起初不屑一顾，也从未想过自己竟会饲养一条狗。我对旺旺起初就是一种责任。可时间使我与它慢慢演变为人畜之间的一种情感融合。每次赴园，从食堂带上一些鱼肉残羹，成为我多年生活的一部分。马达声驶近，旺旺从大黑铁门的锁孔探出头来，趁我开锁，躲回去的它又扑上来嗅嗅舔舔我的手臂，确认是主人的气味，才蹦蹦跳跳放心地躲回到窝里去。

后来，旺旺长成一条大狗，双耳下垂，尾巴翘起，浑身棕黑色的毛闪着亮光。一次，邻居牵来一只母狗，它还在文友们的围观之下，趾高气扬地做了一回新郎。旺旺越来越成熟，看家护院的责任感也越来越强。可是日子久了，我发现它变得有些腼腆。不论带来多么上乘的吃食，就算骨头，你只要望它一眼，它就立刻停下咀嚼，后退半步。园子来了客人，无论主人在否，它从不吼叫，而是安静地躲在窝口看风景，看尘世里烦累的客人们尽情享受世外桃源的洗礼。

文友们都很喜欢旺旺，无不称赞它是一条文明的狗。一年深秋，老家县城一位好友到乐耕园做客，见旺旺施以安静、后退之礼，十分惊讶：这狗呀，怎么一见我就躲啦！听到客人共同的评价，想到邻居家的狗整日乱叫，我隐隐觉得，莫不是无争的乐耕园里，花花草草、树树木木、鸡鸭猫狗，也都熏染到了悲悯情怀与和善的气息？

其实，悲悯和善的背后，旺旺与人类一样，是饱经风霜之后的一种淡定和从容。旺旺起码经受了三次磨难，甚至性命攸关，才造就了当下的安静。

进园之初，守园人老王和半路搭伙过日子的小媳妇养了一群鸡，趁人不注意，就扑棱棱从李林飞过墙头，到院子里来玩耍。有时，还冒着风险跑到狗窝旁去抢食。旺旺是串种的狼狗，狼性尚存，经常把鸡咬得血肉模糊，铩羽而归，有的逃避不及，当场即被吃掉，场景极其恐怖。一次老王急了，棍棒相加，旺旺遭受了狗生以来最严重的一次教训。从此，鸡再来抢食，旺旺投鼠忌器，只怯怯地盯着看，并不再造次。老王说：狗吃鸡就得打，狠打一次它就长记性啦！

老王与小媳妇分手，去城里楼上给一个寡妇当上门女婿，耕园空寂，冬日显得愈加寒冷。旺旺寄养在西院白家。白家大哥仗义，盛情饲养。转年春天，一天旺旺挣断绳索，在白家大院撒起欢来，一次咬死五只珍贵的雁鹅。老白怒不可遏，手里拎着棒子满院子追打。我感到棘手不好处理，对老白说你把狗留下抵罪吧。老白说我才不要这败家玩意儿呢。我只好表示了歉意，包赔了损失，把惹祸的旺旺“买”回来。妻子安慰我说旺旺正值青年，春日春心浮动，惹点祸也是正常的。

旺旺第二次挨打，变得更加小心翼翼，狼性消失得无影无踪。这使我常常感叹，草木不经霜雪，则生意不固；吾人不经忧患，则德慧不成；而恣狗历经棍棒，文明程度也会大大提高。看来，万物交杂的自然界，经受磨砺的不仅是人类。

第三次磨难，旺旺差点搭上性命。在白家惹了祸，冬天寄养何处，成了我的一块心病。落了第一场雪，耕园萧瑟，饮水结冰，望着亮毛翻滚、迎风战栗的看门狗，我既揪心，又暗自抱怨它是个累赘——不像空中的飞鸟，叽叽喳喳，三三两两，自己就钻进茅檐里猫冬去了。太阳即将落山，往日绿意盎然、人流不息的乐耕园越发肃杀寒冷。我牵起旺旺，漫无目标地向村路走去。村路满是积雪，没有人影儿，周围一片凄凉。遭遇后院邻居一对老夫妇婉拒后，我“咯吱咯吱”地踩在白雪上，望一眼可怜巴巴盯着主人的狗，心头顿时翻腾起三十年前初春那个寒风料峭的夜晚，为了记载村里的一场生死恋情，我一个人骑着自行车，到四十里外的县城参加业余写作艺校开学典礼，从乡下到县城帮助连襟烤猪头的二舅，求到连襟的妹妹——一个穿着风衣的时尚女人，引着我去她公公当经理的国营理发馆借住一夜的酸楚记忆。当一位耄耋之年的大爷，念及老乡之情，答应将狗留下的瞬间，我几乎热泪盈眶。我清楚，对一条狗的同情里，掺杂进了当年追逐文学梦时寄人篱下的联想。

狗在大爷家一连寄养了三冬，直到大爷撒手人寰。一次，我去送狗食，旺旺居然与主人家的狗一同朝我狂吠。我的心登时凉了半截。大爷看出了我的心思，安慰说狗通人性，一会儿就好啦。春天，我去接它，胡同里它躲着我，我躲着它，生分得相互戒备。到了村路上，旺旺似乎想起了什么，不一会儿便心无旁骛，一路嗅着气味，乖乖跟我回家了。我悬了一冬的心，总算稳稳落下。寄养大爷家的第二年春天去领狗，嫌回来取车麻烦，我就与妻子商量，把狗拴在轿车后杠上，慢悠悠开车，看着狗在倒车镜里跟着小跑。可到园子停车一看，旺旺竟然被拖拽了好一阵子，躺在地上奄奄一息，濒临死亡。我紧张得满头冒汗。一个路人说狗皮实，只要有一口气儿，就能缓过来。妻子眼泪汪汪端来水，放在跟前，它也纹丝不动。足足半个多小时，当旺旺嘴角流着血水，晃悠悠坚强地站立起来的那一刻，我感慨动物生命力的强大，人生命力的渺小。

那一次，我对旺旺产生了强烈的愧疚感。以后无论多忙，我都争取每天去园子看它一眼，带食添水。旺旺成为我每次入园最充分的一个理由——它看守我灵魂的栖息地、收获写作养料的根据地，我也有责任好好照顾它。人狗之间，蘸着岁月，不知不觉签写下了一份相互依存的情感契约。

三

乐耕园里原来养了一只白猫。人返尘世间，为稻粱谋生，为责任做事，无奈经常留下空旷的李园，鸡鸣鸟唱，猫狗相伴，单纯的动物世界倒也简单欢快。后来白猫不知去向，我没太在意狗的孤独——哲学家断言人生是对孤独的一场自我救赎，而动物总不会如此复杂，不会孤独，不用救赎吧？

现实击碎了我的判断，我的错误，我的无知。

今年国庆前夕，秋深渐凉，乐耕园迎来了一年中最后一拨城里的客人。客人们惋惜时光匆匆，好时节将尽，闹到很晚才离去。其中一位好友甚至留下陪我聊到深夜，直至将啤酒饮净，然后各居一室，醉卧天明。早晨，好友起床要离去，突然在院子里喊：狗跑啦！我出去一看，原来头夜人杂情酣，园门忘关，旺旺挣脱绳索，趁机溜了。不停喊着"旺旺"的名字，满林子寻找，除发现桑葚树下一只被咬死的老母鸡，以及篱笆墙底新掏开的洞口、一抔粪便、几处爪印，别无踪影。我一日不安。下班，邻居指点，我在路西胡同一户由姓家里把它寻到。当时，它被拴在狗窝旁，正与由家的一条母狗调情。见到主人来寻，它"嗖"地钻进狗窝里不出来。最后只好拆了狗窝，谢过由家人，才拖拖拽拽地把它弄回来。

仅仅过了两天，旺旺又跑了。这次跑得蹊跷——院落前后门紧闭，四处高墙，它是怎么跑的呢？我预感狗被盗了，因为狗贩子常年在胡同里穿梭吆喝。邻居小锁子媳妇大嗓门道：墙这么高，狗跑不出去，肯定被盗啦！说完，担心狗贼夜里再来，急忙跑回家去，煞有介事地把看门狗锁进屋去。邻居姜大娘则背着手，不吭声，慢悠悠进院子察看了两圈，然后胸有成竹地说：有句老话叫狗急跳墙，小祁，你快去找找吧，附近指定有发情的母狗。我将信将疑去找，旺旺果然带着一串链子，再度与路西胡同由家的母狗调情。

色胆包天，爱情的力量同样无穷大。因为蹿跳高墙，旺旺被摔得一瘸一拐。这使我不由想起电视报道的一位男士赤身裸体躲挂在高楼窗棂上的人类偷情奇闻。把旺旺强拉硬拽回来，我不由竖起大拇指，对姜大娘说：姜真是老的辣啊！然后抑制不住好奇，发了朋友圈，引来朋友们一片热议：有的说，不能遏制狗界的爱情；有的说，死了都要爱；有的说，平时看着挺老实，隐藏挺深呢……对旺旺给予了极大的理解和同情。有的甚至留言道：你还是给狗找个伴吧。

为防止旺旺欲火难控，再度私奔，我一边买回新链子，新旧两条同时拴上，一边向邻居打听，给旺旺寻找伴侣。旺旺"嗷嗷"闹了两天，后来精疲力竭，终于屈服了。看它可怜，几天后我把老链子给它卸掉，卸完链子还不忘对狗强调一句：不拴你不行啊，不然被狗贩子偷去就没命啦！谁知当天夜里，它又逃脱。这一次，旺旺是将铁橛子拔掉了。姜大娘白天发现狗跑出来不敢抓，委托儿子给我打电话，我听后脑袋"嗡"的一下，心想这狗真是不想在这儿待啦。

后来寻狗得知，旺旺的确又去了由家。由家主人说旺旺在院里"嗷嗷"地与母狗纠缠了半宿，屋里听得真真的，也不知是否做成新郎。姜大娘说白天发现它回家时，丢盔卸甲，狼狈不堪，也没了逃出来时飞身上墙的勇气，在大门附近徘徊好一阵子，最终无法进院，就失魂落魄地顺着村路向南走去了，从此一去未归……

麻木和自我欺骗迟早会清醒，我现在必须面对旺旺将永久丢失，或已遭遇不测这个事实。我开始惭愧和自责。我经常返回繁华的城市，却把一条狗留下来，孤零零地看守我心灵的乐园。而无法像果农一样，虽以粗食，却守它，懂它，给它以正常的狗性生活。这使我曾不止一次地联想到乡下的父母，乡下的留守老人，美食和金钱，往往代替不了亲情陪伴。

六七个春秋，旺旺对于我像空中的白云，缥缈而绵长，薄可泄苍天，厚亦落风雨，平淡无奇中寄托了无限的忧恋，难遣的迷离。如今，饮尽寒来暑往，看惯花开花落，在秋叶飘零之季，它却孤独地去了，去了一个我们未知的世界。狗是人类的朋友。顿首之余，真应该反思一条看门狗对于过往“狗吠深巷中，鸡鸣桑树颠”田园生活的重要，就像我们应当时常反思漫长岁月里，所受人恩惠的点点滴滴，以及对我们不同人生阶段所给予的各种慰藉……

寒冷过后，又会是一个姹紫嫣红的春天。可是那个崭新的春天里，可以断言，乐耕园中没有了看门狗旺旺，桃源生活一定会逼仄许多，缺少了年年岁岁，鲜花盛开时节，你耕园作文，它履职守门的别样景象。

2016 年 11 月

邻家果园的少妇

“咯咯咯！咯咯咯！”猫在李园劳动，听到西邻传来的唤鸡声，每次我都心一颤，这世上的音乐，还有哪一种能比得上少妇的唤鸡声呢？

邻居六年，一直不知道少妇叫什么名字，她男人叫小秋，我就叫她“小秋媳妇”，有个大事小情、邻居琐事，我就叫“小秋媳妇”，一叫就是六年，叫了无数次。每次叫完，都瞬间感觉怪怪的，好像很对不起少妇。

小秋媳妇其实不大，刚二十四岁，比我女儿还小一岁。那年她嫁到西院的时候，年方十八，花骨朵一般的年龄，当时我就发过感慨。后来生了一个小女孩，小男人外出打工，小秋媳妇一个人带个孩子，压水劈柴，洗衣做饭，夜里空守孤灯，我更感慨。其实我是先认识她男人小秋的，当时才十六七岁，正在读高一。一天，我猫在树林里除草，看见小秋手里拎个书包，在南地头的村路上闲逛，我心里一怔，这孩子，怎么逃学啊？你爸一个果农，花钱送你到城里读高中，容易吗！不久，李子泛红，果园到处弥漫着熟李子的香味。一个下午，我在园子查看果情，为满树红李子陶醉着。突然，院里狗叫了，西院大门“咣当”两下，随后传来了说话声，一男一女，男的是小秋，女的大嗓门，声音有些憨。西邻果园平素锁门，总是很安静，小秋爸妈是十几年前从外县乡下到这里给人看护庄园的，两口子能干、机灵，不仅买下了房东的果园，还在后面买下一处，常年住在那里，有活干才过来。我好奇地靠近墙头望过去，见小秋穿个花格半截袖，身旁伴着一个十七八的女孩，穿一套普通的白色连衣裙，凉鞋，眼睛不大，秋阳下，眯成一条缝，挖孔脸有些宽，皮肤也不白，但举手投足间，有一股野劲，一会儿蹲，一会儿站，步伐时快时慢，还不时拉一下小秋的手，指指点点，嘴上一直在说着什么，好像对草草木木都挺熟悉。

我猜想，这可能是小秋的同学，或乡下来的表姐表妹什么的，来走亲戚。

转年开春，积雪消融，楼里憋了一冬，我又周而复始进园春耕了。我的春耕，第一件事就是给果树剪枝。一个周末，春阳高照，我被大自然吸引着，急不可耐到园子剪枝，白猫围着我“喵喵”玩耍，喜鹊不停飞过头顶，一只红公鸡领着几只母鸡在树下觅食。我正欢快地剪着，院里狗又叫了，小秋爸妈也来剪枝。一冬未见，话题很多，我抓住机会，向夫妇俩请教剪枝的方法。偶得果园后，我一直把小秋爸妈拜为管理果园的老师。闲谈中，我知道小秋不读书了，并且要结婚。说这番话时，小秋他爸遮遮掩掩，面目沮丧。小秋她妈是个爽快人，竹筒倒豆子，一股脑儿说了实话。原来，俩孩子是同学，早恋，女孩子家在外县农村，早年丧母，父亲抚养，上寄宿学校。不知是青春期成熟早，还是缺乏家庭关爱，还是一见钟情，反正俩孩子缠缠绵绵分不开了。听到这儿，我揪心地问，那不耽误学业吗？小秋爸说，当老人的有啥办法！说罢这话，其实比我年龄还小几岁的小秋爸有意避开我的目光，一手拿剪刀，一手拿锯，剪枝去了。

后来，五一劳动节，小秋和这个女孩就结婚了。场面挺大，是城郊的一个大酒店。我还出车给接了新娘。

小秋结婚，新房是西邻两间闲置的红砖房。看来他爸他妈按照农村习惯，早就给他留了一手。往日静悄悄的西院，小夫妻入住后，整日里蹦蹦跳跳，一下子热闹起来了。

又过一年，小夫妻生了一个女婴。一天，我去给果树浇水，看到小秋媳妇正抱着孩子在树林里闲逛。我过去夸赞孩子模样漂亮，皮肤白，长得像小秋。我第一次见到有些泼辣的小秋媳妇脸红了，看着我只是嘻嘻笑，笑得眼睛眯成了一条缝，露一口白牙齿。那一刻，我一下想到了与她年龄相仿，还在读大学的女儿。那一刻，我意识到，他们是农村人，我们是城里人。

小秋婚后在父母身边过了一年消停日子，就去城里饭店打工了。小秋长得浓眉大眼，小帅哥的那种，我的脑海里经常出现小秋在饭店当服务生的形象，一身工装，忙里忙外。也期望着哪一天下馆子，能遇见他。他跟我说过的那几个酒店，都在我单位附近，可是一次也没碰见。其实，碰见了我又能做些什么呢?

小秋去打工，小秋媳妇住婆婆家，公公婆婆忙农活，她就全身心照看孩子。后来，情况有了一点点变化，夏天，她与孩子搬回来住；冬天，再搬去婆婆家住。春夏秋三季，我早晚到果园劳动，经常会看到小母亲穿梭院里，压水劈柴，孩子哭叫，一声大过一声的情形。每次看到，听到，总使我想到像小秋媳妇一般年龄就生下我，辛辛苦苦把我拉扯大的母亲。

偶尔，小秋也回来团聚一次。在小夫妻的一冷一热中，一晃儿，四五个春秋过去了。小秋的女儿也长到半米多高，满地跑了，见到我时，扑闪着一双大眼睛甜甜地看着我。开始，小秋媳妇说，说爷爷好，她就说爷爷好。小秋媳妇说，说爷爷再见，她就摆着小手说，爷爷再见。再后来，不用妈妈教，她自己就主动说爷爷好、爷爷再见。每次遇见这个情形，我就又兀自感慨起来，感慨岁月，感慨仍在读书的比小秋媳妇还大一岁的女儿，感慨他们是农村人，我们是城里人。

去年，小秋媳妇冬天搬去婆婆家住的情况陡然发生了变化。天一日日冷下来，晚上水结冰了，我正为看园狗没地方寄养发愁。周末到果园发现，小秋家的烟囱还在冒烟，我站在院子里纳闷。“吱嘎——”西院的门开了，小秋媳妇身上裹着鲜艳的红棉袄，额头上系着一条毛巾，出来抱李树枝子烧火炕。我扶墙一问，方知冬天她不搬回去了。我说多冷啊，她嘿嘿一笑，又露出一口白牙，割过的双眼皮使一笑就眯缝的眼睛娇媚许多。她说没事大爷，孩子大啦，接着又习惯性地说大爷，我不跟你多说了，孩子在屋里呢，然后麻利地抱一捆枝子，猛地用脚一钩，开门进屋去了。我抬头望望房顶的炊烟和灰蒙蒙的天空，不觉打了个寒战。

我想，难道小秋媳妇和婆婆闹矛盾，冬天自己过了？当年，母亲就是与奶奶闹矛盾，十冬腊月搬出来自己过的。

后来，该想的办法都想了，狗没地方寄养，妻子就和我商量，实在不行，就卖掉吧。看园狗跟了我六年，感情很深，我恋恋不舍，犹犹豫豫。一天，遇见小秋媳妇，我心中思量，前后院岁数大的邻居都嫌麻烦，不愿给看狗，小媳妇这么不容易，我不怎么好去求她。心虽这么想，嘴却道出了难处。让我始料不及的是，小秋媳妇当即表态，说，大爷，你要信得过我，冬天狗我给你养着，你现在就牵过来吧！那一刻，住邻居五六年，我才意识到，眼前这个少妇，是世界上最美丽的少妇。

今年，小秋媳妇可能是觉得不能闲着，就抓了二十几只鹅、十几只鸡来养。我到林子里劳动，经常能听到西园林子里小鸡小鹅“喳喳喳”“嘎嘎嘎”的叫声，柔细的雏唤，很是动听。为了创收，小秋爸妈今年种了六亩香瓜，没空给果树除草，就喷洒了灭草剂，寸草不生。我坚持不喷灭草剂，建绿色果园，林子里草多，小鸡小鹅就想办法钻过来，撒欢儿吃。吃够了，我就隔着林子，叫小秋媳妇圈回去。绿荫遮蔽，看不到小秋媳妇的身影，常听她说一句，麻烦你了，大爷！然后就一边和小鸡小鹅说着话，一边赶回家去了。小鸡小鹅淘气，经常丢，小秋媳妇常常在林子里“咯咯咯”地叫。有时她在林子南头叫鸡，孩子就在林子北头叫妈，此起彼伏的，给人一种酸酸的感觉。

一个盛夏的傍晚，在林子里玩耍的小鸡小鹅该归巢了，查数不对，小秋媳妇就来回找。或者是嗓子喊哑了，或者是想的妙招，后来她居然拿个破盆子“当当当”地来回敲。惊得我放下锄头，站下来仔细倾听。一开始，我真的以为，像很多农村留守妇女一样，小秋媳妇寂寞了，想在夜色来临，幽深的园子里，畅畅快快地跳舞，疯疯癫癫地歌唱，为着女儿长大后美好的未来、美好的生活。

2016 年 7 月

杏去又杏来

一

昨夜，西邻出墙到园子里的杏杈悄悄折断了，撒落一地的黄杏。早起我迫不及待拾起吃了，一种别样的香甜重新翻腾上来……那一刻意识到，一年的时光又消逝了，吃杏的季节又来临了。

八年前，我初到庄园，首先映入眼帘的，便是那棵屹立的黄杏树。推开园门，我仰望这棵足有两层楼高的家伙，绿荫滚滚，雍容华贵，不同凡响。听主人介绍，才晓得这种黄杏树很少见，是农垦规划庄园时统一种下的。大黄杏香甜的程度，被主人描绘得令人充满向往，令我垂涎那瓜果飘香的季节。

入主庄园月余，我和妻子一切还处于懵懵懂懂的阶段，樱桃刚刚凋去，黄杏就熟了。记得雇用的几个刷墙女，进园子尝了刚泛黄的杏，人人赞叹不已。没几天，我们进园子一瞧，杏落了一地，微风吹过，“啪啪”掉落的声响仍在继续，有的还顽皮地砸在我们的脊背上。捡起一捧大快朵颐，那美妙的感觉无与伦比，仿佛与仙女接吻一般。

这样的好时光度过了三年。第四年开春，满园的李树盈绿了，然而黄杏树悄无声息。不久我发现，它死掉了。分析原因，可能有两种：一种是寒冬冻死，一种是虫害害死。我和妻子，包括享受过它果实的文友，无不为之扼腕伤心。尤其目睹东西两邻大杏树依然在我眼前随风摇曳，自责之心常常浮起，继而对果农充满了崇高敬意，还暗暗写下“农无点墨大师傅，尔有豪才当小徒”的自励。至今，死掉的枯杏树依然站立在园门旁，几次我都未忍心锯掉。它虽然没有了往日的风采，却也栖鸟吊葫芦，使主人浮想联翩，留下了“残枝尚引辛勤鸟，朝露何曾去复还”的诗句。

自家的杏树死了，邻居家的却风采依旧。杏花开了，我依然隔墙照相；果实熟了，东西两邻都送上一兜，吃不够，就越过墙去，自己摘，自己捡，找回了小时候偷人家树上沙果的乐趣。去年，一天早起除草，见东邻三棵大杏树随风摇曳，大黄杏掉落一地，我无法管住自己的脚，就翻过墙去捡回来一草帽，乐颠颠地端进屋里，对刚起床的妻子说，哼！杏树死了，不耽误吃杏。妻子喜上眉梢，直奔杏而去。

他有我无，心里总不是滋味，我一直惦记着再弄一棵杏树回来。每年开春我都去卖果树苗的师傅家里，李子、葡萄买一些回来补栽，甚至有一年还买了一棵桃树，可就是买不到这种黄杏树。我上网查了几次，也无果而终。去年，送女儿去机场，回来顺道去了一家果苗基地，花两百块钱买回来一棵五年生的杏树，主人老聂是山东泰安人，来东北培育了三十年果树苗，对我说的这种大黄杏，也不敢轻言见过。为保证杏树移栽成活，老聂与老伴亲自动手，你挖我拽，小心翼翼地将树包好带土抱进车里，还详细教我栽培妙法。去年黄杏初落时，树神老聂“夜雪访戴”，突然造访乐耕园，就想亲眼查验黄杏的品种。有趣的是，他给我带的见面礼——半兜黄杏，与邻居家的大黄杏一模一样，这使七旬老聂有些失望。还好，见我花盆里养的桃树茂盛，便顺手牵羊，剪了几枝，回去嫁接，总算安慰一下这位满怀希望的老人。

后邻杨嫂去年帮助嫁接的沙果树，在李园南端已经长得果实累累，青涩喜人。可同时在李树上嫁接的两棵杏树，去年活得可爱，来客人我第一个介绍它，可今年放叶后却双双干枯而死，不知缘由。看来，大黄杏是要绝我情思，不圆我梦。

今晨，西邻家的大黄杏树，出墙的枝杈折落我园，邻家少妇乖巧，说，大爷，今年不给你送了，你自己随便摘吧。我嘴说谢谢，心想，那是自然了。回来还笑呵呵地对妻说，见过会来事儿的，没见过这么会来事儿的，溜须不要命，那么大的杏树杈竟然折断到咱园子啦！逗得妻子笑翻了。

我捡杏回来，路过门前新栽的小杏树，忽然发现比大杏树明显小许多的果实已有一枚掉落了，还被鸡叨了个洞。我急忙到树上摸一枚，软了，小杏亦熟了！摘回来一个与妻分享，妻笑意盈盈地说，哎呀！就是这个黄杏，还是咱们家的甜！

那一刻，我对自己的努力很满意，实践证明，黄杏确实回家了。

二

黄杏落时，我不觉想念在英留学的小女。

去年，黄杏初落，我屁颠屁颠先挑选几个摘了，回去给女儿尝鲜，怕她留学走了吃不到。记得当时女儿兴致很高，为了感谢我给她办理出国手续费力劳神，临行前还特意进厨房做了四个拿手小菜，小妇人一样，扎围裙，颠马勺，搞得风生水起，末了一盘一盘端上桌，还亲自夹到我的嘴里……那一刻的温馨，天下的父亲即使万般辛苦，也会瞬间转化为无限的幸福。

时间是一把锋利的刀。再过三天，小女留学整整一年了，昨日我与妻子双双去了中行，汇走了回来订机票的费用。一年里汇过几次款，每次都兀自感慨儿女就是老子花钱的机器。为了儿女，多少家长心中的愿望无法实现，根本没有过度不过度的问题，只有能不能做到的问题。这次汇款却与以往不同。回来坐到办公桌前，我呆呆地望着那熟悉的蓝色的汇款单，心想，这应该是最后一次了，随之茫然若失之感涌上心头。

如今，杏儿又熟了，女儿也快回家了。杏儿仍然被幸福地赞叹、留恋，而女儿留学这一年，包括前一年去泰国教书，周围的人投来的羡慕的目光，将被就业、婚配、住房等一系列新的问题所取代——她的学生时代结束了。由此，在几分欢喜中，我又有几分失落，在这个杏儿初落的季节。

体验庄园生活七八年，我感悟着记录了上百首田园诗，唯有初入庄园时，写下的那首《庄园乐》记忆尤深：

初伏三日至，樱桃已凋，残果深红密腹；杏儿刚熟，早有初黄风落；李子泛红，十五抢先一步；萝卜白菜，赶时播种不过；草莓果萎，能否梅开二度？

盛夏双休节，文友到此，小园人嚷犬吠；叹为观止，院内烤锅架起；自种菜蔬，胜过客带肉美；饮酒赋诗，尽抒胸中快慰；猫戏鸡鸣，一派农家乐趣！

现实中，有多少生活和时光可以梅开二度？即便季节相同，内容也大不一样了。初得庄园时女儿刚入高中，而今大学已读毕，出国又两年。小女已不是十六岁花季，杏还是当年的杏吗？

入园七八年，少长咸宜，群贤毕至无数次。可初次那一日午后，文友聚到小园庭院中，望夕阳，沐微风，饮酒赋诗，放浪形骸的情形，后来不可企及……从那一次开始，常聚园子的七个男人，慢慢被冠以了“庄园七贤”的雅号。每年开园时，间或樱桃红了、桑葚黑了、李子红了、青苞米熟了，城里难得一见的绿色菜蔬能摘下来了，凡此种种，理由多多，大家就相邀小园，大碗喝酒，大口吃肉，歌、咏、耍、闹，常常喝完一气儿，便放箸而出，三两相顾，去洒满月色的村路上闲逛，遣酒消食，听旷野蝉鸣，寻狗吠几声，回来再度点燃炭火，把烤肉锅从院里抬进棚子里，围在灯光下坐稳，又是一番酒杯轰炸，喧闹神喝，聚目神聊，好像身后根本就没有那个给人诱惑、令人纠结的世界。直到“树下闲说文章事，酒干常使夜蝉无”，火熄酒干，一个个踉跄着脚步，卷着舌头，恋恋而别，很不情愿地回到凡尘之中……有一年去京城开会，金融作协一位可敬的领导说，这小子很有眼光，买个庄园，体验生活搞创作，每逢周末“庄园七贤”就去聚会，喝高了就给我打电话，还让我一个一个说话！听着领导看似抱怨，却是几分肯定的话语，我嘿嘿一笑间，偷眼周遭一瞧，全国各地文友的眼神里无不含着羡慕之意。

人终归不是神，仍然生活在凡尘里、世俗中。“七贤”中的一位出身军营，官至团职，转业收入不菲，本可专门从事他喜爱的写作和摄影，优哉游哉，可偏偏选择进了一个单位的领导班子，仅仅过了一年多，就因应酬劳累，患脑出血离开了人世，打击了一城的文人。此兄为人仗义，德才兼佳，那年小园聚会，他接到赴大兴安岭救火的命令，当即放下碗筷，驾车就要走。我急忙到院中的大铁锅里捞出烀好的苞米，跑步撵到村路，送到他车里，这一场景永远成了美好而心酸的记忆。我常思索，乐耕园是精神的间歇地，玩够了，酒醒了，文朋们终究要回到凡尘中去，为之而累，为之而死。与宾客文友相比，我更是凡夫俗子，只不过天性愚钝，需要用较长时间，在乐耕园里修炼，在一耕一剪中，化解人生疑惑，努力使骨髓里长出恬静、淡然和达观，以及写作的养料来。记得在写《乐耕园之歌》时，有一句话纠结很久，最终还是将“功名利禄暂放下”改成了“功名利禄放得下”。我清楚，“放得下”是做不到的，因为社会还需要我们的责任和担当。但可以磨砺一种人生态度：以入世之道做事，以出世之道做人。

一个半月，园子来了九拨客人，门庭若市、人声鼎沸的景象超过历年。我隐隐感到，对这个世界而言，一隅之地——小小的乐耕园越来越有磁性了，个中缘由来者自知，已不是一两句“道法自然”之类的哲言可以解释清楚了。我最初理解的以农耕笔耕为含义的“乐耕园”，有人已建议改为“乐耕缘”，或者“乐趣园”了。不管怎样，我与贤妻利用八年的闲暇光阴，把它打扮得清新、干净、纯粹，使之成为回归自然的净土、体验生活的乐园，使友人们愿在其间徜徉、盘桓、思索，思索一切，尤其是人生的意义、活法及生活的状态，这已是小园的万分荣幸和存在价值了。

如今，又是一年黄杏初落时，我的宝贝女儿留学快回来了。我知道，虽然杏去杏又来，吃的还是那种香甜的杏，可是时光和生活，一切都变了。

2016 年 7 月

普通的奇人

后院有个包工头子，雇个看屋的，姓王，我叫他“王看屋”。春天雇他到园子干活，他说：“祁老弟，去年埋葡萄时，你送我的那本《庄园日记》，一冬天我看完了，写得朴实，接地气，真是那么回事，把我都看哭啦!”春天的一个傍晚，我从李园驾车出来，他路上把我截进大棚，薅了一抱水灵灵的小白菜塞到我怀里。回家美滋滋地用完，我想对于一个业余爱好写字的人来讲，这样的奖赏足够了。精神与物质，金钱与幸福，索取与奉献……这些看似玄深的哲学命题，其实一本书、一把小白菜，就解决得差不多了。

有了王看屋的知性，我更愿意与他多交往。园子里有了除草之类的农活需要雇工，我第一个想到的就是王看屋，即使自己动手，也会感到身后有个随叫随来的可靠帮手。

大暑这天，园子的白猫夜不归宿，夫人急得差我去找，路过王看屋的门口，那里像磁铁一样吸引住了我的脚步。敲开黑大门，随着一连串的狗吠，熟悉的王看屋出来了，说：“刚喷完药，洗洗。”看他系着衣服扣子，头发湿漉漉的，我说：“你的果树地伺候得太干净了，一根草也看不到!”他一咧嘴，露出仅有的几颗牙齿（春天牙疼，他几乎全拔了）。我说：“找猫路过，来掰几穗苞米。”他笑说：“掰呗，我那苞米早就熟啦!”他说这话，我心里浮起一丝惭愧：一样种苞米，人家的早都熟啦!

王看屋进屋取方便袋，我走进凉亭，欣赏里面的三只珍珠鸡。珍珠鸡身上一排排的黑白点，壮实敦厚的扮相。另外一个凉亭里的两只孔雀，一只在凉亭的铁管下静卧，一只落到铁管上悬在半空，凤冠高耸，羽翼稍展，见有人来观，回眸一望，开屏如扇百媚生的贵妇娇态，把我的眼睛死死挂在了她的妖身之上。王看屋手里拿几个方便袋，出来见我被绊住了脚步，说：“先别去掰苞米，进屋看看我用鸡孵出的孔雀，都那么大啦!”“啊？鸡孵孔雀?”我惊得闭不上嘴，跟他进屋一看，干净的水泥地仓库里，趴在鸡窝里的一只三黄老母鸡从窝里轻轻地迈出来，随后跟出来一群小鸡仔。“这是孔雀吗?”我问。老王说：“对呀！我孵了九个孔雀蛋，出来七个，五个黑色的，两个白色的，人家说孔雀繁殖场一两千个蛋才能孵出一个白的。”老王说这番话时，眼睛像个孩子似的盯着我，意思是说“我厉害吧”。

鸡窝里飞出了金凤凰！我性急地看着围绕在“母亲”周围，东走走、西望望的小孔雀，眼里、心里充满了欢喜。瞬间联想到了乡下的母亲，老人家摸了一辈子鸡，断不知老抱子（母鸡）趴窝，还能孵出眼前这群长大后会开屏的精灵来。母亲摸鸡成瘾，上午打电话问候时，还说她今年不该又摸三十只鸡仔，像“老抱子”一样伤害了身体的话。母亲要是听说了这等奇闻，身上疼痛一定会瞬间全飞，瞪起眼睛看着我：“真的吗?！哎呀妈呀，我这一辈子，就知道摸鸡啦!”

王看屋介绍说，小孔雀跟小鸡一样，大鸡吃啥，它就吃啥。看着小孔雀随着“母亲”鸡叨米似的，我突然又觉得神奇化为平凡了，心想，人间万物，平凡到神奇不易，神奇到平凡，只要有一只老抱子和孵化的二十八天，再有一颗热爱生活的平常心就 OK 了。

从屋里出来，我说亭子里的珍珠鸡挺好看，他说：“那玩意儿最烦人了，半夜嘎嘎老叫唤，房东要孵几个，我没干。”一边说着，一边驱赶着“汪汪”撵人咬的黄色小京巴，和徒劳地一边狂吠，一边从链子里往出蹿的大黑犬。过了院子，走过长满彩色小葫芦的通道，我第二次进入了王看屋的“百宝园”——大棚里已着色的葡萄，红黄的西红柿，齐刷的一垄芹菜，几垄黄瓜、茴香、豆角……劈完芹菜，摘完西红柿，哈腰钻出大棚，隐藏在李树里侧的西瓜园、香瓜地、黏苞米田，搞得我血液沸腾。但耕园这些年，深知菜农早播晚耕的不易，不能造次，随便采摘。上周乐耕园来了出国要走的客人，黏苞米没熟吃不到嘴，我就想找王看屋要几穗应急，准备饭的妻子手里洗着土豆不抬头地说：“你算了吧，谁家种多少，多不好意思!”

现在，王看屋一会儿蹲下当当挑几个香瓜，一会儿敲敲抱过来一个大西瓜，一会儿咔咔掰一抱苞米，我连说行了，他仍坚持塞满兜子。临走还要去摘一个倭瓜，我紧忙说拿不动了、拿不动了，便手拎腋夹，连声道谢，返回了。

此时，夜色来临，喧嚣的村路上掠过两位从路西“农家乐”出来、骑电动车聊天的妇女之后，一会儿便阒静得仿如仙境了。一轮金色的夕阳，正与世俗烦劳的世界做着告别。乐而忘归的我，这才想起来出门找猫时，果园里还灌着水。果然，回去一看，葡萄沟里，呼呼喷涌的井水已经流成一条天河，树影婆娑中，白亮亮地远接天边的血色晚霞。

王看屋，本名王凤山，伊春林区人士，为照顾年迈的父亲，来此看屋三年矣，月薪仅千元二百，生活却让他搞得轰轰烈烈，风生水起，天翻地覆的……这时，想起了贾平凹先生的一句话：一等人忠臣孝子，两件事读书耕田。在市庆典公司当过管家的王看屋，忠于职守，深得东家信任，辞别时恋恋不舍，可谓忠臣。居城郊为人看房耕田，收入微薄却尽足孝道，闲暇再读些《庄园日记》之类的闲书，真可谓忠臣孝子，世相中普普通通的奇人了。

2017 年 7 月

论 幸 福

人来到世上，想必都是奔着幸福来的。可世事艰辛，很多人追求的幸福，常常自己也不知为何。

过去，我以为自己理解了幸福。周末回老家归来，一个人驾车在公路上奔跑，任由思绪翻腾，我蓦然发现，且不论幸福能否如愿，仅就幸福的概念而言，人们的理解就大相径庭。理解不同，对幸福的感受就不同，有些时候甚至是相反的。

这次回乡，请父母欢欢喜喜进县城吃了一顿涮羊肉。还算丰盛，海拉尔羊肉，肥牛肉，各类海鲜，菌类拼盘……应有尽有。唯独没点青菜，心想老人在乡下天天吃青菜，况且母亲是远近闻名的种菜大王，菜园里青菜鲜嫩、水灵、绿色，今天既然下馆子了，就要多吃肉，不浪费，使劲吃！二老果然吃得很开心，在内蒙古草原打工修路的弟弟，后来看了微信照片上父母的吃相，甚至回了一句：你看爸妈吃的！是啊，四盘子肉吃得净净光。等把海鲜吃完，我说再来一盘肉，父母都说够了，够了，什么也不要点了。我坚持上了一份菜汁面。母亲问这面怎么是绿色的，我说是用菜汁和面。母亲边用筷子挑面边说吃不了拿着。我说尽量吃，剩咱也不拿了。母亲瞄了一眼满桌空盘子，边搅和锅里的面边絮叨说，前段时间你柏林叔从上海回来，请你爸到街里下馆子，剩菜都给我带回去了，我吃了好几天。讲这番话时，母亲满脸溢着笑容。那一瞬间我突然产生了对不住母亲的感觉，便说娘啊，那麻烦了，今天咱们吃的是涮火锅，儿子没有剩菜给你带啦。母亲笑了一下，并不作答，而是又大口吃面，那架势好像表明态度，既然不带，就都吃掉……那一刻我心里想，不少城里人认为打包这种羞耻、没面子的行为，对乡下的母亲来说，是一件多么幸福的快事。

到身后这个城市工作弹指十九年。回故乡时，途经县城，常因盛情难却，参加一些好友聚会，剩下的鱼肉打包带回乡下，也是常有的事情，从没觉得有什么特别之处。可今天我突然认识到，吃到打包的饭菜，对有勤俭传统的乡下的母亲来说，已经成为一种幸福的内容了，并且是那样根深蒂固。

这是我始料不及的。

小时候家里困苦，剩菜剩饭母亲从来不舍得扔掉，都是她一个人解决。记得有一次面片剩多了，母亲一个人吃不完，就让我们帮忙。剩面片入口黏稠乏味的口感，让我认为这是世上最难下咽的食物，并深刻地留在了岁月的记忆里。现在，衣食无忧，但剩菜剩饭母亲仍然舍不得扔掉，父亲吃东西挑剔，全都是她一个人负责解决，即使做了新菜，母亲忙完，上桌依然先吃剩的。一次我回家，张罗一桌鱼肉美食，母亲还是老习惯，上桌又开始打扫剩菜。我劝说，她也不吭声，有时边吃边瞄着我笑，好像在与儿子较劲。有时给我面子，吃两口新菜，仍然再吃剩菜，还说这剩菜油水可大了，扔掉白瞎啦！我说娘啊，总吃剩菜不好，亚硝酸盐超标，容易得癌症。娘说我吃一辈子剩菜剩饭了，也没得癌，净扯淡！我说，娘啊，即使不得癌，新鲜鱼肉也好吃啊，你就不要再吃剩菜剩饭了，困难时期吃剩菜剩饭是美德，现在日子好过了，再吃你不就是傻吗！你看我爸，从来不吃剩菜。母亲翻了一眼父亲，说你爸是啥人，穷装呗。

父亲笑呵呵该吃鱼肉吃鱼肉，该喝酒喝酒，根本不掺和母子论战。我没办法，只好随母亲。这样的场景多了，就习惯了，也就不劝了，但心里到底有些不理解，不舒服，更谈不上与幸福沾边。今天，我猛然醒悟了，小时候要饭吃的母亲，对粮食格外地亲。这让我想起了母亲跟我讲过的那个数年前的雨天，十几岁的她领着大舅去要饭，一天只要到一瓢豆腐渣，回家路上遇到瓢泼大雨，是一个赶马车的救了姐弟俩，一个雨衣蒙三人……至今想起，当时赶马车的老板，一手扬鞭，一手撑着雨衣遮住两个小动物一样的孩子，行走在暴雨之中，那是人世间多么美丽的场景啊！岁月的磨砺，使母亲从不浪费，勤俭的习惯已经长进了骨髓里，城里人特别是在蜜罐里长大的年轻人羞于打包，随随便便就丢掉的大鱼大肉，与农家常年的素菜淡饭相比，那一定是无与伦比的美食。

母亲的行为开始颠覆我对幸福的理解和认识。

美美地吃完一顿火锅，返回途中，二老高兴，相谈甚欢。一天能睡五六气儿觉的父亲困意全消，大声讲起了家史；母亲也不晕车了，坐在后面不时插话。回到家，休息一下，太阳下山了，天凉快了，我就按母亲指挥，给院子补打水泥地面——十二年前，我和妻子筹钱给老人盖的房子，水泥地面的院子已斑斑驳驳了。今晨，因为下午一干文友们约好到园子相聚，我给水泥地浇了一遍养浆水，就早早赶回市里。

七月的乌裕尔河两岸，郁郁葱葱，绿茵遮路。我孤身一人背对朝阳，匀速西行。许是大脑清醒，许是对老人眷恋，我思绪翻涌，觉得这个周末任性回家的决定，是多么的快乐。最大的收获，是母亲的教育，加深了我对幸福的理解。

思绪翻腾间，昨天在县城吃完午饭，回家路上，母亲跟我学的有关表叔柏林的故事又在耳边回荡：上海表叔柏林前几年回来，有一次去乡里赶集，路过卖糕点床子，这个抓一把，那个拿几块，不打招呼，不付钱，塞嘴就吃。母亲也去赶集，碰见了，说柏林你干啥呢。柏林叔说你别管，我不就吃他点东西吗，啥了不起的！母亲说把出床子的整得愣眉愣眼，直看着他拿走，不敢说话。母亲还说有一年他领上海知青媳妇回来养牛挣钱，春天啥也不种，夏天走到谁家摘到谁家，不管黄瓜、茄子，摘了就吃，回家就炖。秋天青苞米熟了，领着上海知青媳妇，拎个麻袋，不管谁家地，进地就掰，回家就烀……你说他多缺德！母亲气愤的样子，反复在我脑海里浮现。

母亲一生勤劳，是种菜能手，为此吃尽了辛苦，也喜欢把自己的劳动果实同大家分享。春天回家，她唠叨这个菜籽给谁多少，那个秧子给谁多少棵；夏天回家，她唠叨角瓜下来了，先给谁摘了尝鲜，黄瓜下来了，谁路过给摘吃了。这些年，包括我们这些儿女，吃母亲种的小园菜、养的小笨鸡，不计其数。

我想，母亲是以奉献为幸福的，就和始终保持吃剩菜剩饭的传统，同样感到幸福一样。而有的人，像柏林叔，却是以索取为幸福的。当下年轻人，鱼肉终日，却整天喊着不幸福，不知足，更别提有感恩情怀了。可见，对幸福的理解不同，感受的就不同。甚至，对一些人来说是痛苦的，另外一些人可能认为是幸福；对一些人来说是幸福的，另外一些人可能认为是完完全全的痛苦了。其实，某种意义上，这是一件很可怕的事情。

2017 年 7 月

情　怀

开春以来，树木身上刚刚有了绿叶，高速公路边上就摆起了水果摊。一个五十上下的男人，坐在椅子上，手里不是拿着报纸，就是拿着收音机，躲在整齐的水果摊后面，常常是安静的样子，很少见过往车辆下来人购买。

从清明节开始，我几乎每天去一次庄园。下了高速路口，第一个看到的，就是这个水果摊。每次，我都有一种莫名的思绪涌上心头，一定有人来买，只是我没看见，不然他不会久久待在这里的。

进了农历六月，已经是桑葚黑、樱桃红的季节了。园子一个多月接待了八拨客人，后几伙都是打着采桑葚、摘樱桃的名号。但距李子下来，掐指算算，怎么也得再等上一个月。明天省作协要来一伙尊贵的客人，我起早除草、背垄、打扫卫生，第一次吃了新摘下来的茄子，就逃出身后的烈日，拉着妻子返程上班了。到了高速路口转弯，又看到那个卖水果的男人捧着水果箱子在忙活。瞄上一眼，案子上摆的仍然是南方远道而来的“舶来品”。

我清楚，他仍然在守株待兔。那么他在等待什么样的兔子呢？我边驾车，边跟妻子说，他在等待有情怀的城市“兔子”。

如今，农民大面积融入城市，已经是一个不争的事实。反之，生活在钢筋水泥中的城里人，谁不想到乡间去，去闻一闻田野的气息呢？根在农村的城市有钱人，更是如此。这种乡愁的情怀使然，使他们有幸成了水果摊男人套子里的“兔子”。我无暇去分析这些城里人吃了这些南方运来的水果是什么感觉，是否骂娘也未可知，但是情怀，仍然会得到少许的释放和慰藉。水果摊挣的，就是这种恋乡、喜乡的心理钱。

从这个角度说，城里人真是可悲之极，拿着大把的票子，却吃着有华丽外表的假货。从三聚氰胺到苏丹红，从农药化肥超标的农产品到转基因……而我上班之余，蔬菜、水果基本自耕自足，且八年了，文学成果之外，五脏六腑规避了多少吃出来的风险，只有上帝知道，这是事实。

今后，我仍然会天天早晚两次看那个水果摊，和那个不慌不忙的男人。我更愿意把它看作城乡接合部一道释放乡愁的风景，过些日子，早李子红了，真货上架，过往车辆接连停下来，买上一兜，嘴上吃着，手里提着，拉着满车的李香回到城里，对生活充满着甜蜜的向往。这样看来，为了维持生计，水果摊男人延长水果期的做法，在欲望膨胀、做派浮夸、人心游离、追求偏差的浮躁时代，这一种欺骗，却有了一种别样的意义。

2017 年 7 月

莲　花

莲花很美，不仅长相美，服饰美，心灵更美。

我居住的小区很破旧，旧到我每天认真看它一眼，就像在伤口上撒了一把盐——伤口的深处，至今还流着十几年前楼盘开发时，“大干快上”留下的脓水。要不是被灯火通明的“酒店一条街”、熙攘的商贾包围着，仅就这个小区而言，你说它是上个世纪也可以，你说它像农村也不为过。

莲花是这个小区里的一抹亮色。认识莲花，大概是一个清晨，抑或一次晚餐之后，我习惯性地在室内散步，到前后阳台看风景。说实话，这些年物业着实费了不少心思，今年栽树，明年种柳，倒也在盛夏时节，替住户遮住了那么几日的燥热。就在这个时候，在树下，在草坪上，一个女人婀娜的身影渐渐出现了。起初我并没太在意这个手里牵着一条狗，身前身后又围着两条狗的女人。这些年小区里养宠物狗的人逐渐多起来，已不是什么新鲜事。倒是这个女人的穿着，引起了我的注意。遛狗的人多半穿着随性，可她打扮得极其讲究，高跟鞋或皮靴是少不了的，身上要么穿一条笔直的筒裤，配一件花色小褂和装饰项链，要么着一身旗袍，面料颜色考究多变，要么一袭风衣，束紧罗带，一手放在口袋里，一手牵着狗，一个人悠闲地在小区里散步。她给我的感觉不是在遛狗，而是在逛商场。

因夏日居园，不常回楼中闹市，我对小区的早晚既熟悉，又陌生。相处较好的邻居，中午回楼午休时见到我，惊讶地说：哎呀！多长时间见不着你啦，出门了？既然业余已选择了离开这片喧嚣，回来上班是一种责任和义务，回楼休息亦是为了好好上班，那么，对于莲花，起初就像路遇一位美女，多欣赏几眼，弥补一下心情，也就匆匆而过了。

事情有了不小的变化，是在一个冬天。我所住楼房的西面是小区的路。路西是四周高楼包围着的一栋破旧厂房，常年冷冷清清，像停产，又没停产，有烟火。厂房的墙外与小区路之间，挨墙根种了一排柳树，渐渐茂盛葳蕤。厂区大大小小的房顶青瓦污浊，不过排列整齐，起脊落鳞，顺流雨水。旧瓦房上常有几只白猫，时常蹲着窥视行人，偶也蹦来跳去地相互嬉闹。

可谁会注意几只野猫呢？然而一个寒冷的冬天，我习惯性地与夫人对酌半杯自酿的红酒，然后回到客厅小憩看电视。对面酒店的霓虹闪烁着，偶尔也能听到几声店庆之类的鞭炮声。冬日的夜晚是静谧的。

“咪咪！咪咪！”几声女人纤细清脆的唤猫声，穿透窗户，进入耳鼓，打破冬日的冷清，引起了我的好奇。我到阳台一望，依稀夜色里，莲花穿着一袭白裙，手里拎着猫粮和饮用水，正唤着那群小野猫。唤猫的音色甜甜的、细细的、长长的，像一颗流星的坠落，划破了夜空，划得很远。随着接连的呼唤，不一会儿，猫们从树丛深处，从厂房房顶，聚拢过来，围着莲花，又吃又喝。寒夜里一股温暖涌上了我的周身。自此，那个冬天，每一次听到莲花呼唤小猫的声音，我的心都震颤一下。后来渐渐形成了习惯，每天晚上，无所事事之时，听莲花叫猫，看莲花喂猫。

人到中年，真事假事，忙忙叠叠，况且尚有乐耕园占据心田，故对莲花的关注，由起初的好奇，慢慢归于了平静。对那个甜美的唤猫声，渐渐习以为常。后来真正认识莲花，是一个和煦的春夜。与友人小聚而归，莲花正在遛狗，我与她打个照面。小区里常来常往，相互面熟，就相互笑了笑。我借点酒力，对她说：你又养狗，又养猫，挺忙啊！莲花笑答：可不是嘛，都说我养得太多了，可麻烦啦！我想，或许她对每个好奇的人都是这么回答的。不过麻烦归麻烦，四季寒暑，莲花风雨无阻，天天喂猫遛狗，一天两遍，早晚各一。有时忙起来，也要开着黑色本田，给猫送完食水，再赶去上班或办事。每见此景，我都会联想起自己经常一个人去庄园喂鸡喂猫的自我坚守。想必莲花也是在坚守一种东西吧。找到了精神层面的共同点，我便偶以发现人生真谛的口吻对夫人说：你看人家莲花，做事情真有长性。夫人反而打趣揶揄道：你又开始自夸啦！

一天，我在小区停车，莲花也在小区停车。我说我庄园里也养了一只白猫，送你一本书吧，里面写了猫的故事。莲花听了，顿时激动得脸色绯红，说：哎呀！那多好，你庄园里有猫，哪天我一定去看看！可是这话一连说了好几年，莲花也没机会到庄园去看看猫。后来庄园白猫丢了，莲花再说想去看，我的心里竟然有些惭愧。莲花风里雨里喂养十几只野猫，我却连一只也没有照顾好。

夫人善良，对于莲花的善举暗中佩服。后来也机缘巧合地与莲花相识了，并委托莲花给庄园抱养一只猫。一天，夫人对我说，你知道莲花为什么养野猫吗？我摇摇头。夫人说有一年，莲花下班回来，看见小区有只野猫，就顺手投了食物，猫开始不敢吃，后来就狼吞虎咽地吃了。就这样，喂着喂着就变成了习惯，放不下了，转眼十几年过去了，一只猫变成了一群猫。

我没再说话，只是“哦”了一声，便陷入了沉思。其实关于美女莲花的善举，坊间传得很远，传闻很多。其实这有什么值得好奇的呢？女人爱美，是天性。莲花也爱美，驾着轿车，也很现代。但不同的是，莲花的美特别，美在心灵上，美得自然和本真。我们之所以好奇，是因为我们迷失了。

2016 年 11 月

母亲是我们心中的神祇

“我做梦都想家。”

母亲进城后，常说的就是这句话。母亲说的时候，每次我的心都揪一下。因为这意味着那个叫故乡的地方，不是说回就能回去了，就是回去，也没有父亲等在村头，母亲忙在厨房里的场景了。

“要不是腿脚不行了，我才不来城里呢！”这也是母亲常说的一句话。每次听了我的心更揪一下，好像母亲进城的生活没安排好，母亲不满意，不舒心。

母亲的话像小锤一样敲打着我的心坎。母亲辛辛苦苦了一辈子，老了腿脚不利索，与父亲进城生活，我怎么才能做到既让她享受城市生活的优越，而又不让她那么想家呢？要知道，母亲十九岁嫁给父亲，从安（丹）东城到了老家那个屯子，在乡下生活了五十年，生儿育女，摸鸡种菜，生活在漫长的贫困的岁月里，难挨的坚守里，从不放弃的打拼里，在与好赌的父亲家常便饭一般的争吵中，在与小时候积攒下的病根儿一步一步的斗争中，走到了古稀之年。儿女们成家立业飞走后，母亲又陪伴父亲生活到耄耋之年，小父亲十三岁的母亲自己也年逾古稀，不可谓不成功，乡邻乡里谁人不伸大拇指！三个儿子上班的、打工的，各自安好，老两口留守家园，心气十足地把小日子过得红红火火。从与嗜赌父亲的争吵到接受和解，到老父亲每次看纸牌回来都有热乎的饭菜，从打理外包儿女的土地，到摸鸡侍弄菜园，从被人瞧不起，到人人夸奖有正事，能过日子，突然有一天，她腿脚不行了，得背井离乡，去投奔儿子，圈在笼子一样的楼里，你说母亲能高兴吗？

像所有进城的母亲一样，开始，儿女们都把最优越的城市生活和时间反哺给老人，为的是淹没老人想家的情绪，儿女们都想到了，做到了，可时间久了，新鲜劲过去了，加之工作忙，照顾就不那么殷勤了。后来去母亲家，我发现母亲总是坐在弟弟留下的楼房里，坐在窗前发呆。再后来发现母亲总叨咕乡下这个该种了，那个该收了，谁家孩子结婚了，谁得什么病了，谁死了，我知道母亲在思乡。

母亲突然进城，打乱了我的生活秩序，我尽力尽快调整，并对去天津上班走的女儿说，你上班后要自立，爸没精力管你了，爸要把你爷你奶接来城里住，全力以赴管他们，他们岁数大了。女儿孝顺，善解父意，从此没主动麻烦家里一次。倒出精力的我想着法儿地让老人快乐，不想家，不得病。隔三岔五，就与妻子一起开车拉二老出去吃顿饭店，特别是赶上谁过生日，或是孙女回来了，必须去看望，必须出去撮一顿，有时逢年过节到家里张罗一桌，有机会再拉出去旅游，见见风景。父亲愿意在小区里看秧歌、聊天，我只要有时间，就接母亲一同去乐耕园，种菜，放鸡，尽量打消母亲想回家种菜的念头。过去在乡下，妻子夸母亲是电话里的“场外指导”，现在则是现场指教，我与母亲同耕同种，心里更加甜蜜，心想这乐耕园真是宝贝啊，居然又成了尽孝之所。

五一、十一，春秋两季一种一收，我都拉二老返乡，在老房子住上几宿，见见老乡，拉拉家常，亲亲土地，处理处理有瓜葛的琐事，再拉回一车老乡赠给母亲的各种菜蔬，母亲格外地开心。年前老家看屋的来电话说有人要买房，母亲问我卖不卖，我说别卖了，有房在家就在。

母亲其实才比我大十九岁，我常用她的年龄减十九，算我的年龄，也常用我的年龄加十九，算她的年龄。我常常矛盾，父亲理性，做事沉稳，母亲琐碎，勤劳能干，哪个更好？我常反思自己的做事风格，更像父亲还是母亲？结论总是惊人相同，更像母亲。所以当母亲喊我回家吃饭，三人饭桌上听父亲端着小酒杯夸夸其谈之后，母亲总是免不了挖苦父亲两句，然后去捡碗。有时，父亲说母亲：小样的我说的这些你懂吗？我看不下眼，便替母亲回敬父亲说：光说不练假把式，不做饭不烧水，吃啥？喝啥？父亲智慧，“扑哧”乐了，从不反驳。一旁的母亲见有人帮她，也扑哧乐了，很开心、很得意的样子。有一次我出差几天，回来母亲说想我了。我心里猛地一抖，长这么大，母亲从来没说过想谁的话。我一下意识到母亲真的老了，像孩童了。那一刻，我的眼睛湿润了。

一天在食堂吃饭，与同事聊天，他说对待老人要顺，买吃买喝的是好，可总顶嘴老人不高兴有啥用？因为这一句话，我对同事又增添一分敬意。

进城渐渐习惯了，母亲闲不住，在楼里鼓捣种起菜来，种得满窗台都是，尤其冬天，室外白雪皑皑，室内绿色如春。见小区里有捡废品的，母亲看到纸壳也会一瘸一拐地捡回来，我劝她几次说现在生活好了，不用再像过去拾荒捡荒，母亲笑着答应过后还捡。今年春耕，母亲扑进园子，似乎腿也不疼了，扔下拐杖就收拾院子。到李花盛开的时刻，母亲进林子里放鸡，在身后看母亲的兴奋劲，我给她一边拍照一边想，母亲骨子里无法割舍土地啊！

眼下，小满时节近了，听着绿林里百鸟的鸣唱，我想，有老人在身边，岁月多么美好。如果把故乡比喻成朝拜的圣地，那么父母就是我们心中的神祇。如今“神祇”进城，我们不是在赡养老人，很大程度上是老人在温润着我们浮躁的心灵，熏陶我们勤勉工作、诚实做人、坚守初心。有勤劳的母亲帮衬打理乐耕园，更为我和妻子深入生活增添了浓厚的文学色彩。

2019 年 5 月

大自然的静音

不止一次踱着步子，眼盯着高楼之外的飞雪一点一点把对面的清真寺染白，把商场、湖泊覆盖，往日川流不息的街道也静止了喧闹，与左右的楼群和谐相处成一片白色了。

今年的第二场雪下得好大啊，北至呼伦贝尔草原，南到塞内的京畿，只半日的工夫，便都幻化成了雪花飞舞的世界。

周末下雪，一切皆显得如此安静，那么，我的乐耕园呢？

大雪拦阻了周末惯常前往的脚步，可我的思绪一刻也没有停歇。停不下来呀，我的身躯，我的灵魂，我的血脉，我的根，早已与相濡以沫十年之久的乐耕园融为一体了。

我能想象得到她此刻的样子。没有丝毫的野风，树是静止的，几百棵果树，老的少的，齐刷刷保持着挺拔的姿势，立在那里，一动不动。他们是在以盛大的仪式，迎候圣纯的天使回家啊，任其以一朵一朵每瓣六角的花式飘逸着，无声无息地飘逸着，直将浑身染成素色，在凛冽的冬日里，亦开出春天一般的李花。

此刻，定听不到“喳喳”的叫声，往日守候在胡同白杨树上的喜鹊哪里去了？此刻，也听不到七嘴八舌开会一般的“叽叽”声，抢夺鸡饲料的麻雀们躲到哪里去了？就连洞里的老鼠，也不敢出来偷食。我想，小狗乔乔此刻也不会在王看屋家灯光斑驳的院子里奔跑，而是猫在狗窝里，与狗夫人窃窃私语。下雪的日子真舒服啊，一切都不用那么匆忙，往日的功名利禄一下子都搁置起来，只有郊区安静素洁的乐耕园在我的心中烈烈燃烧。

走少有人走过的路，从小兴安岭的脚下，闯荡进乌裕尔河畔的小镇，从青涩、浑浊到成功找寻到阳光的人生之路，为之奋斗，用了十年。从小镇闯荡嫩江之滨二十多年，我却用去后十年的时光，与你厮守一处。守初心也好，浪子回头也罢，我在你宽厚的怀里徜徉，一花一木，一草一树，一早一晚，一个时令跟着一个时令，我们相守一起，从未分离。听蝉鸣鹊叫，看日落月升，望炊烟袅袅，花开花落间，寒来暑往里，我的每一滴汗水给了你，你把最精彩的瞬间回馈给了我。

我无怨无悔，为你播种希望，为你耕耘书写，为你把人生最美好的光华用去，把白皙的面庞风化，我因为你的执着而从未停止脚步。我与你的故事就是用尽天下最好的词汇，也无法书写。我与你的丝丝缕缕，就是一篇大写的无字书。

那一年，我的身后已经嘈杂得不成样子。在一个日落的黄昏，我驾车来到你的怀里，一下子就被你圣洁的样子迷住了：略有沙尘的街路，周围一片茂盛雪白的李花，闯进深处，我如果不把你形容成世外桃源，还有什么可以比喻的呢？高大的杏树之下，那一刻我成功被你收编，陶醉得虔诚得不成样子。起初，你不想收留我。这不是你的自私、傲慢与偏见，你用怀疑的目光打量我，你能行？接下来的日子，我不厌其烦地与你接触，袒露我的诚挚、我的决心、我的誓言。是你的善良、温柔、诚挚以待，以及与世无争又拒绝污染的风骨，给了我试验的机会和修炼心性，做一名心思笃定安守底线的智者的可能。

三年了，我除了欣赏、享受和索取，还会做什么呢？那一颗已经浪荡风尘难以回头的心，还能找到来时的路吗？从山村到市镇，从市镇再回乡村，这一往一返，成为我阅赏风景之后的最大障碍。原来的故乡回不去了，我想把心灵安放在你这异乡休憩，使我游刃有余地在追求和撤退之间找准一个平衡点。我的诚心终于打动了你。我脱下工装，像一名真正爱你的汉子，除草、浇水、施药、播种、收获，样样得到邻居大嫂的夸赞。我再也不是那个混迹城间，大腹便便，半留乡愁，患得患失，近乎断线风筝的，悬在空中的可怜人了。业余，只要一有时间，我就与你融为一体，干在一处，直把他乡当故乡，心无旁骛地追随你度过一春一夏、一秋一冬，又一春一夏、一秋一冬。

那几年，《瓦尔登湖》是我的枕旁书。我想在热恋之余，淘洗思想。我想把林外的鹅叫声写成诗，送给心灵干渴的人。我想把鸡鸣、狗跳、猫戏的生活图景，用朴素的文字记录下来，送给充满希望的孩子和对这个世界充满无限留恋的老人。我想把乡村巨变反馈给世人。我想用手中的相机、手机，记录下白的花朵、红的果实、客人微笑的脸庞，送给时光，留给记忆。我想将你对我深深的爱恋，写进不同题材的作品里，把你大度、安静、从容、执着、从不惧风雨的魅力，告诉迷茫的、脆弱的、浮躁的灵魂。

我开工了，从一首四四一十六个字的第一篇庄园日子开始。你变换着模样让我描绘，你用可人的目光勾引我不准偷懒。鸡鸣春暖，夏热葳蕤，秋黄以红，冬藏以雪，四季有你陪伴，我快乐地度过了数个三百六十五天。我也将百万字的著作奉献给了你啊，我更将高昂的生活信心回馈给你啊……当一次次站在领奖台上，你知道吗，我心里想的最是你啊，每次下了飞机，走出高铁站，我第一个看望的也是你。环顾你恬然不问世事的样子，我的心一下就从高处回到了林子里，回到了低处，再给你做一些浇水、梳妆的活计，林荫下劳作间，我仿佛能听见你与我窃窃私语：我最喜欢你现在不心浮气躁的样子了。

外面的雪还在落着。我在城里，你在郊外，我却能听见你大自然的静音，那么安详，那么雍容，那么高贵，那么含而不露蕴藏生机，像你路北的小楼里，我安度晚年的父母，和身旁陪伴的妻子，朋友圈里关注的人们，把这个世界的一切用静音的方式，诠释得充满希望，充满美好。

2019 年 11 月 30 日雪夜

精神之哺

今天是母亲节，各有各的过法，尽孝心是中华民族之美德。亲情无疑是人类唯一的五千年文明得以延续的重要纽带。我做点什么？当然与朋友们一样，陪母亲与耄耋老父。还有，就是离不开种地。乡下的母亲是种菜能手、养鸡专家，好了，正逢路北孵化店出鸡仔日，我去抓了二十个，叽叽叽叽的，瞬间就将母亲逗乐了，笑容灿烂，像乐耕园盛开的李花。吃过火锅，老人提出要去园子种菜，雨后天凉，我本想拒绝，但今天是母亲节啊，我就顺从了老人的意愿。

一进园，老杨家林子里野鸡鸣叫，常常在乐耕园聆听野鸡鸣叫的我，意识到那精灵就在附近，便停车，轻轻打开车窗，寻找到了李花盛开的林子里野鸡匍匐的位置，引母亲看过去，母亲惊叹不已。只见那精灵独立于一群白鹅侧处，警觉人世的干扰。还好，我将手机伸出车窗，抓拍它，它很配合，一动没动，这使母亲看得清晰，我认为母亲此生从来没这么近距离地欣赏过野鸡，会很开心。果然，母亲说：哎呀，真好看！耳畔听着母亲的赞叹，眼睛看过去，那野鸡一身灰羽褐纹，紫冠点红，墨绿长尾，站在草地间，仰首听音，像画一样。不一会儿，它分明感觉到了不怀好意的窥视，当然它对人类的一切欣赏都会认为是不怀好意，于是它埋头徐徐而动，将绿草地画出了一条线。

与母亲一起大饱眼福之后，就办正事了。正事就是种菜。前几日来，天凉，母亲在塑料下面偷种了几把豌豆，说是偷种是因为我是事后知晓的，打开一看，全出芽了，白嫩的芽像蚯蚓在爬。她哈哈笑着指挥我：都出来芽了，找块地儿种喽！我哪敢怠慢，抄起镐，在小园葡萄桩子下面刨了一溜沟——葡萄苗早已被我这笨人侍弄得无影无踪。种完，看一眼身后早几日种下的豌豆，联想到夏季满架茂密的豌豆，心里越发激动。开春地还冻时，妻子就张罗种豌豆，这回，她从女儿已经生儿育女的那个城市“晋档升级”归来，当外婆的她一定会被煮豌豆的香气绊住脚步和思念，不至于又要叫嚷着去看她的外孙女。还种啥？我手里拿着镐，心想今天是母亲的节日，还会有多少母亲的节日呢，由着她，种快豆！母亲端起铝盆，里面装的是各种豆种。哪来的我的娘？老家带来的，进城邻居给的！好好，种吧！我去大地刨坑，施肥。我说撒籽吧，母亲说不浇水啊。我想说地湿乎，不用，但转念想今天是母亲节啊，母亲不放心，得顺着，便去打水，种完又用地膜扣上，保温保湿，母亲脸上又露出了笑容。这时，刚才后院老杨家林子里的野鸡又跑到乐耕园来叫了，咕！咕！仿佛提醒我，你做得对！你做得对！又种了几棵南瓜，母亲说给邻居挖点小根蒜，邻居对我可好了，啥都给我！我心里想，这家伙，照顾完您还得照顾邻里往来，咋办？母亲的节日，办吧！于是娘俩又钻进落满白色李花、开遍黄蒲公英花的李园，又挖小根蒜，又挖婆婆丁。母亲一生重视礼尚往来，脚步蹒跚之年也不含糊，这使我心里更加坚定了佩服母亲学习母亲的信心。

天暗风凉花更艳。离开园子前，我意识到，刚才拍了很多照，但娘俩没合影啊，于是拽母亲到大门外，在一片白花和晚霞之间，我和我体弱多病但生活信心不减的母亲，拍下了今年的第一张合影。看着自拍镜头，不到一米六十的母亲说，我这么点个儿，我儿子个头那么高！我紧忙蹲下身子说：娘，您一点也不矮！

是的，母亲一点也不矮。她坚韧的生活态度，像甘甜的乳汁一样，仍然在哺育着我们。

2020 年 5 月

幸福驿站

人生的驿站很多，但能称得上幸福驿站的不多。

我工作的这座城市，在嫩江边。父母居住的老家，在小兴安岭余脉的脚下。连接两地的，是一条一百八十公里的省路，和二十公里的县道。从小兴安岭流下来的润津河，汇入县城南的乌裕尔河。乌裕尔河途经五个县城，汇入嫩江边上的扎龙湿地。在汇入湿地前约有四十公里，距离市区三十分钟车程的一片区域，已呈现出湿地的景象，那里叫“乌克钦”湿地。乌克钦湿地有一望无际的芦苇荡，夏日里身披绿装远接天际，水鸟飞翔；冬日一片草黄镶嵌白雪，于一条平坦的公路上，随着车流远了，近了，近了，远了。偶有路边的垂柳，搭着喜鹊窝；偶有远方的夕阳，冬日彤红如血，夏日迷蒙如梦，在你目光所及的空旷里，渐落渐无，迎接返乡的游子回家。

这个路段常年车流不息，过客匆匆，几乎没见过有人泊靠下车，都像有什么急事要办似的。我也一样，除了享受这段无下道口、少有农用车干扰的通途给驾驶带来的舒畅，不是远望风景，就是默想心事。这条三百年前的古驿道，从原来的沙石路，回家要坐车颠簸一天，到建成水泥路之后仅需两个小时，时代的发展将归乡之路一再缩短。可归乡之心永远是焦急的。我从内心感激这个交通顺畅、信息发达的时代。想家了，随时联系。节假日，想走就走。试想，当年康熙大帝特赦“三藩”降兵，到此服役的那些“站人”“流人”，面对“豺狼四嗥，霜雪盈野”的古障边关，以及万里之遥的彩云之南，苦闷、沉郁、悲怆、思乡的情绪是何等的难以言表！据传，当年吕留良的后人从宁古塔发配卜奎城之后，挚友从浙江原籍来看他，竟然艰难跋涉了半年之久。

二十年，我就这样在城乡两个家之间奔波。去时，心情焦急；回时，一身轻松。尤其临近乌克钦湿地，望着眼前的一片芦苇，浩渺的天空，自由翱翔的飞鸟，近在咫尺的城市，疲惫慢慢消散，幸福感油然而生，你能真切体会到有故乡真好，故乡有父母真好。这时，若赶上饭口，行驶到湿地的端口一个叫作龙安桥镇的地方，我会做主减速慢行，向左一拐，下了公路，进一家渔村，请家人美餐一顿东北豆腐炖江鱼。端坐在整洁、客人不断的渔村里，看着妙龄女郎在眼前穿梭，问暖送茶，端鱼上菜，鱼味飘香的窗外，偶尔再落起一场淅沥的小雨，你会感到生活美好而温馨。

久而久之，这家渔村渐渐变成了我的“幸福驿站”。

我曾与老乡聊起对老家的感觉。老乡说他参加工作在乡镇营业所待了十几年，待够了，要不是父母健在，就不想回去了。同为农家子弟，对故乡的感觉却如此不同。也许不同于当兵、考学，我是靠做“文学梦”出来的，由开始的混沌，到后来梦想照进现实，真的离开了，却把初心稀里糊涂丢在了故乡。像永远长不大的孩子，总是在爹娘的怀抱里缱绻。故乡的小河，牛羊，炊烟，一草一木都充盈着思念。当然，也夹带着初生牛犊不怕虎，出去闯荡时留下的一丝丝忧伤……

我始终认为自己是在做一场梦，故乡从来没有真正地离开过。当年，那个混在卖粮农民队伍里的乡下青年，一年秋天突然华丽转身，去管理农民卖粮的粮库，去管理农民存款的银行。一夜间的巨变使他惊喜，使他眩晕。是吗？我闯出来啦！闯出了那个又贫穷又落后的村庄！我像一个突然进入五彩世界的孩子，乐而忘归，归乡的路便走得稀疏。拼到这座城市，归乡路陡然拉长了，回家每每成为一种奢望。兄弟外出打工，留下年岁渐高的老人，牵挂越来越深，常常于夜深之时，在嫩江边的斗室里，望着窗外的明月发呆，我这个不知天高的“孩子”跑得有些远了，有时有种找不到家的感觉。

一年，老父突然咯血，我在一个闪着金光的清晨，急忙回家把父亲接出村子，远赴省城诊病。俨如上帝的安排，一场虚惊使我猛醒，原来“有条件再做”只是内心平衡的借口。不能再等了！我在陪父亲诊病回来的路上就偷偷征得妻子支持，将她准备装修楼房的钱暂挪出来，趁春播结束尚未开锄的空闲，进城买料，奔波求人，在南北屯亲属和乡亲们的帮助下，仅仅半个月时间，返乡三次，平地而起，给父母建起了一栋大小五间的新瓦房，院套、猪圈、鸡架、狗窝一应俱全！转眼十二年过去了，每次回乡，我都止不住看几次这栋周正的乡宅，当年建房的场景无数次在眼前翻腾……老父怕我为难，坚持改造旧草房。最后被一位路过的赤脚医生说服，重新打地基，建了新房。倾其所有甚至举债建的房子，与其说圆了老人的新房梦，不如说圆了我的乡愁梦。不谙世事进城漂泊那些年，我给家乡父老制造了太多的牵挂和麻烦，总算有机会报答一点了。搬进新房的那个国庆节，我带着十三岁的女儿回乡，摆上两桌酒席，请村干部和乡亲们痛喝了一顿……圆梦之时，谁能不痛痛快快地醉他一场呢？可梦过了，醉过了，乐过了，返乡之路依然要走，如春归雁返，秋黄去鸣。每次回乡，药房、菜市场是我的必到之处，药品、生活用品要拉满车，家事要打理妥帖，屋里屋外，田间地头，包括老人心里的冷暖忧思……有机会还带老人去附近旅游。母亲晕车呕吐，出游时却极力表现出高兴的样子，我见了心酸酸的。去年，老父亲进京圆梦，没敢再让母亲同行。朋友说你这个儿子是万能的。我说老人难哪，再说两个哥兄弟都在外打工，能照顾好家中的老人就是对他们的一点贡献了。可相隔几百里，常常也鞭长莫及。前些日子，母亲手机打不开，屯子剩下几十户老弱病残，找不到会弄的年轻人，与外界失去联系心急火燎的母亲就蹒跚着，一大早自己搭车去了四十多里外的县城。进修理店，师傅一看，笑了，说老太太你没开机啊。在人类已经奔向月球和火星的时代，乡村老人发生这样令人啼笑皆非的事，使我不由想起十五年前的往事，一家银行电脑不好使，把休假的微机员千里迢迢找回来，一看原来是电源没插全。就在撰此文的时候，母亲突然来电话使我一惊，以为心脏病复发正在点滴的父亲怎么了，母亲却什么也没说，只是一阵哈哈大笑，然后告诉我她会点滴了，说好不容易找来的赤脚医生走远了，父亲滚针，她别无选择，只好勇敢上阵……

老吾老以及人之老。农村老人落后何止十五年，马儿啊，你慢些跑，迁就一下落在后面的贫弱和老小……目前全国上下开始扶贫攻坚，这是何等英明的决策！妻子建议老人到乐耕园居住，免得奔波，可父母今天答应，明天就变卦了。我能理解老人的心情，他们担心百年之后客死他乡，况且还有乡村看纸牌的快乐，还有舍不掉的瓦房、田园，还有为打工儿子守候的故乡，他们的根深深扎在那里，早已准备好了生死相守。

老人的固守，延续着我的奔波之路。有时因老人遇到了难处，有时我在梦里遇到了乡愁。像很多游子一样，节假日的大多数时间，我和家人都在归乡的路上，在市、县、乡、村四个节点上不断转换，一会儿是喧闹繁华的城市，一会儿是孤寂原始的乡村，反差之大使我的心灵不断地上下涤荡，在城镇化变革的起点上不停地思索农村的问题。并且，仅仅间隔一两个月的时间，刚刚消解的乡愁又悄然泛起，那时我清楚，距离下个返乡见爹娘、与故乡拥抱的日子又近了。

今年中秋，女儿留学回来下乡看爷爷奶奶，途中轿车正好行驶到十万八千公里。风趣的女儿说，爸爸你好比孙悟空啊！一句话戳中了我的内心——不错，故乡就是我们朝圣的地方，父母就是我们心中的神祇。

在这条古驿路上，演绎了多少悲欢离合。在这去兮归兮的旅途中，我与家人的幸福不断地延伸，十万八千公里，多少游子与故乡之间，既近又远。那么，取经归来，掸掸身上的尘土，笑对生活里的风雨，如果再到眼前的渔村美餐一顿江鱼，那渔村自然可以称得上是“幸福驿站”了。

2016 年 12 月

进城三十年记

——献给我的父老乡亲

一

人的一生有无数个下午在混混沌沌中度过了，可三十年前初春的那个下午，我一生无法忘怀：一个人躺在席炕上，望着旧报纸糊的棚，纠结着，纠结着。最后，棚顶恍惚出现一双神灵的眼睛，神灵的画外音：去吧，孩子！去闯一闯……

于是，我拿着大哥偷偷塞给我的两块钱，背着父母，天方夜谭一样，踏上了整整三十年的进城之路。

三十年啊，从茅庐弱冠，到近知天命，那是人生最璀璨的一大段时光！

四年后，又是一个下午，当县委宣传部长在县政府常务会议室里，宣读一个青年农民创作成绩的时候，我的命运戏剧性地改变了——我在这个县的历史上，前无先例地被破格批准农转非，安排工作，实现了一

而是为理想去活

否则，我将把这第二次生命

毫不吝惜地

撕碎，扔掉

从这首诗里，可以看出当年我对自己的境遇是不满意的，对走过的人生之路和家庭背景是否定的、叛逆的，并对未来充满了迷茫、无助和呐喊。可是，这个世上，谁又能决定自己的出身呢？举目四望，面对周围穿着时髦、干净，面色白皙，无忧无虑，青春阳光的县城青年男女，我想，没有人会忍心责备这个可怜的乡下青年。

2016 年 4 月，整整三十年了，当我与同学们结伴而归，站在已经被拆除变为休闲广场的大礼堂脚下，驻足而望，朝圣一样的思绪又翻涌上心头。

从三十年前踏进这个大礼堂的那一刻起，我的身体里突然闯进了一种新的情感：自卑感。这种新诞生的自卑感此后与我形影相随几十年，即便现在，也会偶尔出现。那是一种和农民们在一起从来没有过的情感。那是满身泥土，挤在“高傲”的城里人中间，不由自主生发出来的一种情感。除了街头的乞丐，活在小城里的每一个人，都让我高山仰止，被我视为贵气十足的上层之人。

后来我愈发清楚地知道，从那一刻起，一个乡下青年勇敢地踏上了撕裂自己的征程。那种撕裂是从灵魂深处开始的，受伤、流血、疼痛……那种无法名状的灵魂之痛啊，反反复复折磨着走在进城路上的可怜青年。

我开始变得极度敏感。就像一个街头衣衫褴褛的流浪者，换好衣装，突然闯进路旁酒店的一场宴会，城里人一个不屑的目光，一句不注意的话语，皆会轻而易举撕破他内心的伤口。我的脸上，阳光灿烂的笑容永远消失了。

是的，我曾进政府机关当秘书，我曾进出机关、企业、学校、医院、林场和兵营采访，享尽了一个农民青年未曾有过的莫大的荣光。我曾为了谋生和学习，二十岁就去当更夫，刀光剑影开舞厅，举债经营饭店，搞书刊批发，站柜台卖货，下乡赶集，还有很多胎死腹中的谋生之法，小小年纪遭尽了挫折。难以忘记，开舞厅与流氓地痞斗殴时的头破血流，及一场热烈的爱情；难以忘记，当托儿所更夫时憋闷得没有出路，自己给自己写鼓励的信；难以忘记，无助时学会的烟和酒；难以忘记，开饭店失败了，家、办公室、车站，皆成为被债主羞辱的场所。

无论荣辱，我都努力找寻自己在那个小城的位置，并且，从来没有真正地融入进去。我用一个人的单薄之躯，在傲慢的城市和卑微的乡村之间，努力找寻一种平衡，一找就是三十年。

城乡差别不是轻而易举就能被弥补的。即使到了城乡一体化飞速发展的今天，城里人的心底里，还是将乡下打工的农民，远远地拒之城门之外。

这可能需要几代人的努力，需要一个世纪的时间。

我像一块石头，被无数次雕刻。我不想成佛，我只想拥有一个普通城里人的生活和自尊。三十年后，我仍然没有勇气面对当年逼债的目光。父亲来了，大哥来了，弟弟来了，他们一拨一拨劝我返乡迎娶新娘未果，一个个气囊囊唉声叹气离去的背影，是我至今的伤。他们认定农民就是一生土里刨食的命，为我的异想天开担心啊，还有在老家土窗前仰天南望的娘。

心灰意冷的时候，走投无路的时候，我也曾用自行车驮回行李卷，在与家人团聚，和与农民饮酒赌博的温柔之乡，放弃理想。也想像村里青年一样，娶妻生子，当一辈子农民，侍奉父母身旁。可每当面对一穷二白的村庄，面对徒墙四壁的茅草屋，面对村民的愚昧、封建和落后，以及生生被拆散的恋情，我每每又犹豫了彷徨了。在抉择最困难的时刻，总是文学一次次给我力量。我在小城的文学殿堂里，仿佛已经找寻到了一丝光亮，在那个透着光亮的小窗里，那个下午出现的神灵，又一遍遍以一种慈祥的口吻对我说：孩子，不要迷茫，不要彷徨，收拢杂念，向着文学的远方！最困难的时刻，是报社、电视台的老师给我力量。他们收留我在家中斗室长谈，鼓励的话语、殷切的期望至今不敢忘怀。他们给我展示的舞台，我以特约记者的身份，行走在黑土地上，我的文章不断出现在媒体上。这小子是谁？写大人物、大企业的文章，使我站在巨人的肩膀上得以美名远扬。在我最困难的时刻，是我的未婚妻给了我力量。别怕，站直了向前走，拼搏回来，租下的连脊房，总是有一盏温暖的灯光。从那时起，注定这个女人，会永远是我的新娘。

二十到二十四岁，上帝给一个在追索文学和与命运抗争路上的青年多少道无解的题？记得，一个风尘满街的下午，遇见一个乡下同学，他很认真地问我：“你属啥？”我说我属羊。他问：“你是几月羊？”我回答说我是十月羊。他顿时叫着我的乳名惊呼道：“你快回家吧，十月羊没草吃！”多么善良好心的兄弟啊，要知道，当年农民工还没有进城，城里各种上班挣钱的地方没有一处能容得下农民。记得，那个秋风瑟瑟的早晨，我裹在出租屋的被子里，听到几下轻轻的敲门声，打开一看，一个小姑娘手里端着一盘热气腾腾的包子，说："叔叔，我妈让我给你送一盘包子！"当时，我热泪涌出，那是我经历的最令人感动的邻居！

在我最困难的时刻，还有平易近人的老县长，我常常到政府一号办公室与他长谈；还有热爱诗词和心算的人大常委会主任，总是冲一杯奶粉，与我畅谈一个中午；还有雷厉风行的宣传部长，三次力荐一个非亲非故的农民作者。

四年的流浪生活，我每时每刻都很困难，每时每刻都有人间的友善温暖着我。一千四百多个日日夜夜，使我感动的还有很多很多……我这一生，注定要在感恩中生活。进城后我走上了十五年的学雷锋志愿服务之路，在物欲横流、私欲膨胀的年代，不忘初心，隐忍前行，直至 2012 年被团中央和中国青年志愿者协会评为"中国青年志愿者优秀个人奖"——这个志愿服务领域的最高荣誉，其实，就缘于当年埋下了的感恩的情怀。

那个下午，一定是个巅峰时刻。全市文学界的目光，全都聚焦在一个县城的青年农民作者身上！省市报纸连续报道我的事迹和专访，我被所在县政府破格录用……三十年了，还被当作传奇、励志的典型传扬。

应该答谢吗？不答谢说不过去。一个新颖的婚礼，刚刚上班，就隆重举行。诗歌朗诵，相声表演，电视录像，开了那个时代婚事新办的先河！

多年以后，我总是忘不了那个下午，那个有神灵督促的下午。

二

我是带着农民作家的标签走上工作岗位的。处事不耿直，也不圆滑；做派不土气，也不小资；工作不外行，也不专业。一面为“农民作家”标签骄傲，一面为此承受压力；一面被赞美，有时扬扬自得，一面为闲言碎语而自卑。我就是一个畸形，就是一个异端，是生下来就享受城镇居民待遇的人群中突然闯进来的一个不速之客。人们打量你，真诚赞美你，而我却在怀疑地寻找不屑一顾和看不起的目光。对于一个二十几岁的青年，你不能怪他为什么不努力消除这种自卑之感。我也努力想消除掉，但是我做不到，尽管这是很危险，也很不健康的一种心理状态。这种心理使他有时——不，是常常昂起骄傲的头，常常有一个声音在心里说：我就是农民出身，可一点也不比你们逊色！

我就是怀着这样的心态走上工作岗位，真正走进城市人中间的。不论在养尊处优的县粮食局机关，还是自以为独大的金融部门，这种心态和无法掩饰的外在表现，注定使我成了受争议的对象：包容你赏识你的人有时迫于世俗，还经常退避三舍；排斥你与你有竞争的人为难你，甚至诋毁你，放大你的不足。

人海茫茫，万丈红尘，这就是你的命，一个“异端”注定的命。我始终认为，仅仅破格进城这一条，就足可使我荣耀一生。在此后漫长的岁月中，我要感恩生活，做一名遵纪守法和坚持道德底线的中国公民。同时，也不会向任何不利于农民的、不利于底层的世俗和潜规则低头。

因为，我要证明乡下人能之所能。我要走出自卑，实现超越。

怀着感恩之心，我度过了五六年无忧无虑并且光鲜亮丽的好时光。四年的夜色前行，砥砺奋斗，一个二十几岁青年的人生旅途太过劳累，身心疲倦。我要像农民一样，守住耕耘的果实——努力工作，从县粮食局考到县农行，娶妻生子，拥有自己的住房，力所能及安排家事，等等，苦尽甘来，眼前的一切都很美好，一切都在满足中进行，不再有任何妄想。

变，是绝对的；不变，是相对的。我用前十年和后来二十年的人生风浪、荣辱浮沉，牢牢地坐实了这句箴言。唯一不同的是，一切在变，包括环境、位置和容颜，可有一样东西始终未变，那就是我的内心，我的不忘初心，我的坚守！

那是怎样一种难以想象的坚守啊，只有天知，地知，我知……前不久，我去书店，读到了日本作家东野圭吾的作品《白夜行》。“我的天空里没有太阳，总是黑夜。但并不暗，因为有东西代替了太阳。虽然没有太阳那么明亮，但对我来说已经足够。凭借着这份光，我便把黑夜当成白天。我从来没有太阳，所以不怕失去。”看到这段话时，我不由得满眼含着泪水——这段话的意思与我流浪县城时起的笔名“白夜”如出一辙。而后来进城上班后所遇到的，仍然是“白夜行”。

我可以不把自己弄得那样艰辛，可是我做不到。因为，这就是我的命，一路为平等和尊严抗争的命！

全国粮食实行“双轨制”改革了。三年前顶着“农民作家”光环到那里工作的我，同样要被裁减回一家奄奄一息的企业去。此前，县农行行长想挖我去写材料，被我心中的坚守谢绝了。理由很充分，我是政府破格录用到粮食工作的，怎么能“变节”跳槽呢？一个滞重之身也不可能轻盈地跳来跳去。粮食改革给了我一个理由——好不容易有了一份城里工作，我不能去一个即将停产的企业。

我以考试第一的成绩，调到农行任秘书。在农村金融部门，我经历了一生最快乐的工作时光。踏实努力，昼夜疾笔，深得领导赏识，一年后晋职为办公室政务主任。一名二十五岁的年轻人，带领一个写作班子创造了辉煌的业绩。在享受进城的快乐之后，又一次体味到了努力工作所带来的美好。

我永远怀恋当年能从工作中觅寻快乐的美好时光。相信很多人都会怀念当年的社会风气。对我这名没有任何背景的农家子弟而言，清明的社会风气显得尤为重要。因为，在潜规则面前，努力工作，好好做人，变得是那样的卑琐、可笑，不堪一击。

我同每一个中国人一样，既享受着改革的恩泽和红利，同样也经受着大时代的考验和洗礼。

在农行工作了三年半，伴随着农村金融体制改革的浪潮，农行一分为三，我去了农业政策性金融部门。这是半生以来，唯一一次与业绩无关的平调。仅仅做了半年信贷工作，“笔杆子”的魔力又显现了，我被借调到市分行写材料。

仅仅工作了一个月，知足的心理驱使我选择了逃离，逃回县行后，又被市行党委强行命令归队。适应工作，适应人际关系，安排妻子调转，孩子入学，解决住房……在县城刚刚稳定下来，一路调转，我被搞得身心疲惫。总算安置妥了，除了做好本职工作，以及后来兼职的团的工作，我没有任何妄想。甚至“笔杆子”魔力再次显现，上级行调我去编刊物，我也没敢再去折腾。

感恩、知足的心态使我又一次选择了退缩。如果那次毫不犹豫地选择再度起飞，我可能会落在更高的枝头，看到更远的风景。可谁知道会不会随波逐流?

一切，是从进机关五年后的那次竞聘试点开始的。此后的十年，我和这个时代同样进入了一个日益迷茫的时期，走向了一个陷落、救赎，再陷落、再救赎的历史怪圈。

反反复复中，一批一批社会精英倒下了。过去的一年，曾经共事十年的三个“一把手”连续陷落，污染众多……而我，淬火锤炼，凤凰涅槃，最终逃离了欲望的泥潭。

三

人们来到世上，如果多一些感恩之心和知足心态，就不会有那么多因贪婪而导致的悲剧出现。我的生活之根、事业之根、写作之根，深深地扎在大地上，积攒着强大的生命潜力。我做着我钟爱的青年工作一路高歌，搞拓展训练，承办文艺晚会，组织红色旅游，开展学雷锋志愿服务活动……把兼职团委书记工作做到了极致，直至成为省行、总行、金融系统、全国的先进，上级专发文件号召青年学习的典型，十五年漫长的青涩岁月完美收官。在兼任团干部后期，我和妻子尝试远离浮躁和喧嚣，业余开创了“乐耕园”文学根据地，扎根人民，扎根生活，使我笨拙的笔端流光溢彩，在坚持了七个春秋、写作八十万字“乐耕园三部曲”的同时，又调整了姿势，坚守了内心，以出世的心态，做入世的事情，谁能说这不是一种成功的人生选择呢？

生活只要给你一把泥土

你就要种出花朵来

这是发自内心的，一个底层拼搏者的一首生命之歌，以及最庄重的心灵独白。像那半块反复被雕刻的石头，经受千百次的淬火锤炼，最终悟到了生命的禅机——坚守是胜利的前提，不忘初心能够坦然迎击生活之海袭来的所有风浪。

这不是一个人的凯歌，这是一个时代的胜利。这个时代使我们有机会成长为民族之林的一棵树，即便是一棵卑弱的小草，也能充满阳光。

人生苦短，转眼就是百年。而从二十到五十岁，的确是一生中最重要的时光。

进城三十年，人们会说，你创造了一个农民进城的奇迹。可后十年，着实令我不堪回首。如果当年留在县城，我也许会平安很多，少去许多风雨。也许，不在这十年迷失，我也会顺畅地实现简单的满足。

生活是没有也许的。但有一点是肯定的：如果没有这十年的磨砺，我也不会有如此丰富、丰满而多姿的人生风景。

如此看来，上帝是公平的。

一个时代问题的反思，交由历史来完成吧。而我，茫茫人海一个小人物，经受了三十年进城路上的风风雨雨，如今，自卑消去，真正拥有了一个城里人的尊严，并在工作和所珍爱的文学事业上均有斩获，仅就一个生命而言，我无疑是幸运的。

强大的中华民族是由十三亿人组成的。每一个十三亿分之一的人身上，都或多或少会打上这个时代的印记。对于我这样一个十三亿分之一而言，三十年前开始的改革开放，和三十年后一场疾风骤雨般的反腐浪潮，同样重要，同样给我的生命留下了深深的印痕。三十年前的改革开放使城门大开，让我有幸成为第一代农民工，像后来的亿万农民工一样，得以进城，获得新生；三十年后的反腐浪潮，给我的坚守一个证明，同时，也给我生活的这个世界一个证明。

是的，我无疑是幸运的。而扪心自问，这三十年自己到底做了什么？回答沉重而简单，那就是坚守了自己的内心，以及内心深处始终回荡的那一个声音：人间正道是沧桑！

现在，仰望星空，联想当年自己一个人从农村偷偷跑出来，为了文学梦、户口和温饱拼搏，到后来被政府破格录用，成为城市上班族，然后心存感恩，坚持十四年带领青年学雷锋，捐助贫困学生等两千多人，以及培养众多青年，直到兼职了几年的金融文学发展服务工作，我蓦然醒悟了——哦！我的三十年可以证明，上帝是不存在的，但只要我们坚守初心，感恩努力，我们的确可以成为自己的天使，人间的天使。

2016年8月10日—9月4日

春节记事

一

一个人陪父母在老家过年，是从来没有过的事情。那种感觉的纯粹、美好，是语言无法描述的。

那一天，抛开身后的喧嚣，当我驾车踏上那片熟悉的黑土地——当然，农历新年来临时仍是白雪皑皑的家乡，我还没意识到，未来的几日，我将是芸芸众生里，最幸福的一个了。我将像童年时一样，心无旁骛地守护在父母身旁，吃饭，睡觉，闲聊，甚至争执。

其实丙申春节我本应在郁闷中度过。

女儿留学英国，今年春节依然只能在海外华人的小圈子里，互相凑凑热闹罢了；妻子去了天津，去和她日思夜想的姐妹，及她喜爱的妹妹家的小月月过个年。单位的小刘女士总结道："呀！这个春节你们一家三口要分三个地方过啦！"

心中不知是个啥滋味，过了农历小年，就开始默念回家的日子。现在的风气大有改观，除去了迎来送往的疲惫，安排好稻粱谋的工作，改毕业余的文债，参加几次迎新年小聚会，这一天，送走妻子，就一个人踏上了返乡的归途。

其实，从购置年货那一刻起，返乡的步伐就已迈起。延续习惯，守拙如旧，重视传统节日的母亲，几次来电话，今天吩咐买这，明天吩咐买那。处理完手头事情，我专门去电话确认，并逐一记录。记完，又在白纸背面写上“上谕”二字，画一个可爱的笑脸，小心翼翼揣进口袋里，一件一件地去落实。除了药品，还有海鲜之类在市里备好，青菜、水果、鞭炮等都要在县城买齐。除夕前一天，我一个人挤在老家县城的大市场，一切仿佛又回到从前——我在这个小城从一个流浪的农民，拼搏成为上班一族，并且娶妻、生子、分房、提干，前前后后奋斗了十年，曾辉煌一时。大市场阔气了很多，里里外外车鸣人喧。这里显然已经没有了城乡之分、贵贱之别，人人同心，共为一元复始最重要的仪式做着准备。即使除夕之后，美味佳肴变成残羹剩饭，也能反复咀嚼出年的味道。

我左拎右提，挤在中间，脸上溢着幸福，心底里却只流淌着一个声音：与人们挤在一起为老人办年货，真是人生快事了。那一刻起，一个人回家过年的落寞一扫而光。

二

返乡过年做的又一件开心的事情，莫过于帮母亲贴春联了。

遵照母亲吩咐，将分的春联带上，又到集市上买了一大卷子，到家吃完午饭，就帮助早已是急不可耐、生怕落在别人后头的母亲贴春联了。母亲事先准备了一盆掺了白糖的糨糊，说是老叔传授的高招，掺白糖的糨糊结实。母亲负责刷糨糊，我迎着瑟瑟的寒风，在糨糊冻死之前，麻利地将春联一张一张贴在大小门旁。“云蒸霞蔚风酥日，国盛家祥德寿年。”今年妻子单位分的春联意蕴高雅，并有一个“寿”字，征得母亲的同意，我把它贴在正门，寓意老人晚年吉顺，福寿安康。将集市上购买的写有猴年祥语吉兆的春联，分贴夏屋门和园角门的两侧，再将“抬头见喜”“金鸡满架”“井泉大吉”，及大福字、小福字、吊钱，一样不落地贴好，直到贴得院里院外、屋里屋外到处红彤彤的，连水缸、酸菜缸上也粘上了福字，有的还倒过来粘，以表福到之意。父亲也跟着忙活。母亲边刷糨糊，边叮嘱我上下联别贴反喽，大小门别贴差喽。贴完了，母亲左翻右找，不见贴夏屋粮仓上的“五谷丰登”。我建议找个大福字代替。母亲瞥了我一眼，迟疑片刻，还是将嗔怪的话咽了回去，然后找来一个大“福”字，边刷糨糊边唠叨：“年年春联都是我买，一样都不落，没有‘五谷丰登’怎么行，庄稼人图的就是这个吉利!”这时，我瑟瑟地站在一旁，终于为自己的疏忽大意——不，确切地说，是为自己的根本没在意埋单了，刚才还有说有笑，现在则一声不敢吭出来。

仅贴春联，就用了半下午的时间。我对母亲说：“怪不得你让我早点买春联回来贴呢，这么多，还真费工夫!”母亲说：“可不费事咋的，家家不都这么贴吗，难道你们城里人不这么贴?”主动找台阶下的我又被母亲的一句话给问住了，终于找不出一句城市现代化发展，对乡村年俗多半遗弃，还贴什么“金鸡满架”“井泉大吉”的话来，而是慌忙掏出手机，去院子里给披上节日盛装的红砖房照相去了，惊得窗台上的鸡一只只扑棱棱地飞跑了。直到冻得冷呵呵地回屋里，给母亲摆拍了一张手捧大红福字的幸福照，我的心才算稍许安宁。母亲身材矮小，出身悲苦，可一生乐观，积极向上。去年秋天，因为捡拾庄稼腰部意外摔伤，卧床几个月，使她白发渐覆，明显苍老，但镜头里，她仍然是精气神十足，满面春风。

三

除夕上午，按惯例，是去南地头的坟茔地，给祖宗烧纸送钱。作为“六礼”之一，祭奠祖先是中国人很重要的一个仪式，我每年都不敢怠慢。我清楚，祭奠祖先的意义在于安慰活着的人。开车拉着老父亲，给祖坟烧完纸，回来便开始准备年夜饭。往年，妻子在，我就做些抱抱柴火、倒倒脏水的力气活，然后听着厨房里传来的“刺啦刺啦”的爆锅声，陪老父亲聊着天，陶醉在节日的幸福里。今年，我自告奋勇主灶，弄了十个菜，想坐下来陪父亲好好喝上几杯，酒刚斟满，母亲的老年机便一字一板地报上号码了，是沈阳打工的大哥抢先给父母拜年了。酒饮一半，话题正酣，母亲电话又叫了，是辽阳打工的弟弟又给双亲拜年了。接着，同样在沈阳打工的三叔、老叔家的堂弟，远在烟台跟随儿子做生意的二舅，在建三江种地的三姨，已故大舅家的表妹，也陆续通过电话的方式给父母拜年……直到晚上包年夜饺子，电话从未间断。我呢，待父母与亲人们黏黏糊糊地唠完，按照母亲示意，我也接过电话一个一个与他们唠上一番，与叔、舅、姨等长辈，话题自然是身体，与兄、弟、妹等平辈，话题更多的是他们在打工路上搏击风雨的状况。进城三十年了，与这些远离家乡，奔波在打工路上的亲属联系少了，有的进城后再未谋面，恍如隔世。

浸淫在浓浓的亲情里，春晚就显得不那么重要了。

到午夜钟声临近，有两个拜年的电话迟迟未来，我心里有些不安。一个是远在海外的女儿，一个是在京读大学放假在辽阳家里的侄子。母亲甚至自言自语了一句："我看你们来不来!"发现了母亲不高兴的苗头，我急忙以家乡偏僻，信号不好为由，解释了女儿无法拜年的原因。大年初一，风和日丽，又一个好年景的兆示。母亲的电话早早叫了，是侄儿打来的，母亲接起电话脸上就乐开了花，说："你昨天三十咋不来电话给奶奶拜年呢?"侄儿解释说辽阳都是大年初一拜年，他就入乡随俗了，然后一番甜言蜜语，哄得奶奶"咯咯咯"地笑。信号好些了，女儿在英国也以微信语音的方式给爷爷奶奶拜年，而且一并对奔走他乡的姥爷、姥姥、舅爷、舅奶什么的，均表达了祝贺新年之意。我给按着，母亲也带着朗笑，对远在天边的孙女讲了一番别太想家之类的安慰话。我在一旁听着，浑身暖乎乎的，心想，老祖宗留给我们的春节，真是一座架起亲情不可或缺的伟大桥梁。

四

进城三十年，一直没有亲身感受到城市大年初一是何样的节日气氛，因为这一天，我都与父母厮守故园。

伴随城镇化，我早已感受到了农村年的变化。刚进城那几年，也许是因为与乡亲们尚且牵连着情感习趣，每年春节回来都没日没夜地与他们玩耍在一起，打扑克，看纸牌，打麻将，总是玩不够。以致有一年上班了，见我未归，妻子打车到乡下把我从牌桌上拽回去。渐渐年龄大了，乡亲陆续打工雁南飞，相聚席上玩耍的机会少了，联系也就淡了。近些年，还能到三叔、老叔家做客。一年到头，与打工归来的弟弟妹妹们欢聚一堂，把酒畅谈一年的是是非非，我每次都多贪几杯。

今年春节，这种情形陡然发生了变化。老叔一家五年前搬走了，先落脚唐山，去年终于纠结着把家乡闲置几年的砖房卖掉了，与儿子一起在沈阳城郊买楼定居。去年冬天，三叔三婶也泪汪汪地搬走了，去沈阳扑奔打工的儿子，老家宽敞明亮的四间大砖房关门闭户。搬走后，听说三婶想家想得常常在沈阳城郊居楼北望，背着儿女，偷偷哭泣。还有后院几户族人，以及村上的老书记，扔下一排半新不旧的砖房，回山东老家的，南下投亲靠友的，均另谋出路去了。父亲掐指而算，村里人口较生产队时减少了六分之五，只剩下几十口老弱病残。除夕夜晚没了鞭炮齐鸣，洗亮夜空几个时辰的场景；初一敲锣打鼓，人山人海围看大秧歌的场面，更是多年不见。

村庄一片阒静。我突然感到了一种从未经受过的寂寞。

初一早晨吃完饺子，父亲赶去屯东头看纸牌了，因为平时经常“三缺一”。母亲要看我新出版的书。她戴上花镜，边读边问我不认识的字。从这个春节母亲几次捧起儿子的书读，不难猜测留守老人们都太想了解在外闯荡江湖儿女的风雨世界。绮丽，他们当然为之高兴；灰暗，他们也会为之忧愁。哪有不惦记儿女的父母呢？母亲读累了，躺在炕上休息。我的心情有些憋闷，想出门呼吸一下乡村清新的空气，晒晒转暖的春阳。可走出家门，我的脚步迟疑了，面对寂静的村庄，我这个返乡游子去哪里呢？若是夏日，我也许会驾车跑去北山转一转，那个小兴安岭的南麓，曾经留下我很多梦想的地方。可是现在，大雪封山，我只能到门前的田野上漫无目标地前行。

盛载着祖祖辈辈希望的田野，劳动的汗水早已幻化成了皑皑白雪。盛产大豆的黑土地，很多改种了玉米，更稀奇的是，还有一块改造成了水田，种上了水稻，留下水稻收割后的茬口，在白雪中一行一行地裸露着，伸向远方的丘陵。西侧通村路上的柳树明显比原来蓬勃了。南地头若隐若现的，那个三十年前分田到户时父亲承包下的白杨树带，以及树带旁长眠的祖辈坟茔，渐渐映入我的眼帘，对话我的心灵。祖先固守着田园，而你们的子孙，已经奔走南北，四散东西，唯独留下八十多岁的父亲母亲，像守陵人一样，守护在你们长眠的侧畔。除夕祭祖回来，躺在炕上休息的老父亲甚至自言自语道："咱们的坟茔地真近呢，从家里一眼就能看得到。"那一刻，我猛然闯进了父亲的内心，窥视了一位生于斯长于斯的老人，在耄耋之龄对自己百年之后的联想。如今二老健在，我们还能经常回来看望，那么渐渐不知乡关何处的有朝一日呢？

一阵鸡鸣狗叫羊咩，打乱了我的沉思。回头望去，睡醒的母亲在院子里向我张望，生怕儿子离去似的。母亲开门的声音，惊动了鸡；鸡鸣惊动了房后树上拴着的一只孤独的山羊；孤独山羊的咩叫又惊动了树林后面那个屯子里一条孤独的狗，也惊动了寂寥的归乡游子。望着偌大砖房下孤零零的母亲，和一排排遗弃砖房上消逝的炊烟，我的神经一下被触痛了——鸡鸣村巷里，羊咩杨树拴。犬吠林后屯，娘守寂家园……

每年都能回故乡与父母在一起过春节，是幸福的。去旧图新，历来是人类进步的动力。广阔的乡村正处在城镇化变革的历史性节点上。望着人去庐空的故乡和风烛残年的父母，我能做的，只能是祈祷时光，慢一些，再慢一些，使有父母的日子，更加长久。

2016 年 2 月

家乡那一片苞谷林

大哥去沈阳打工时，家里留下一栋两间土坯房。不几年土坯房倒掉了，平整干净，围起篱笆，宽二十米，长五十米，足有一亩半地。每年父母都种上苞谷，除了留几条垄不上化肥，人吃，其他喂鸡。号称“养鸡大王”的母亲，靠这一亩多地，每年都孵养几十只笨鸡，母鸡下蛋，公鸡待客。三个儿子远走他乡，进城落户后我的六亩三分承包田被公家收回，其他两个儿子和父母家的年年包出去，吃租子。那么这片苞谷林，就成了母亲自给自足的一块宝地。

转眼十几年过去了。村子里的人越走越多，只剩下几十户老弱病残。渐渐地，五一放假，我与妻子返乡看望老人，享受天伦之乐时，多了一项任务，帮助母亲种苞谷。有时时间紧，还扯上县城要好的朋友，三三两两，刨坑，浇水，撒籽，培土，踩实。东院的三叔三婶和妹妹，老叔老婶和弟媳，听着大哥这院种苞谷，忙完手里要紧的活就过来帮忙。也就大半天的工夫，大家有说有笑地就种完了，然后就是喝酒唠家常。后来，老叔老婶去唐山扑奔打工的儿子，我们每年回去种苞米，帮忙的就剩三叔三婶了。加之三叔承包了一百多亩地种大豆，有时忙起来，就没时间顾及了。帮忙的人少了，过去帮助父母种苞谷是一种快乐，渐渐却成为一种负担。加之夏天施肥，喷灭草剂，干旱还要扯管子浇水，父母体弱强侍弄。十一放假，料理好乐耕园的活计，就得返乡那么三两天，有时与妻两个人，有时一个人，帮助父母收苞谷。人为物役。掰着掰着干不动的时候，我诞生了一个想法，这块苞谷地不能种了，要包出去。

父亲年届八旬，腰杆笔直，可有心脏病，气喘不匀，早就赞成我的意见。爱地如命的母亲当然不同意。理由很充分，小鸡吃啥？我说我给你买苞米面。反反复复做了多次工作，母亲说啥不同意，有时争得面红耳赤。翌年开春，春风刺骨，母亲腰腿疼的老毛病犯了，双腿肿得跟馒头似的，我带药回家，借机做主，把苞谷地让给三叔种了。母亲身体不舒服，只好示弱，勉强答应了。

那年夏天风调雨顺，黑土地上的庄稼长得郁郁葱葱，三叔种的苞谷也长得水灵灵的。我每次回家，母亲都领我到房后，指着那块苞米地唠叨说：白瞎了，你瞅这大苞米长的！每次说着说着，眼泪就流下来了。有一次我不在家，把父亲磨叨烦了，老两口还吵了一架，父亲心脏病气犯了，打了半个月的点滴。我这才意识到老人的事没有想的那么简单，处理不好要出大乱子。就急忙承诺说：娘啊，你别急，来年地咱要回来，我帮你种！后来跟三叔解释，把地要回来，像以前一样，我继续帮助母亲种苞谷、收苞谷。今年种苞谷的时候公务忙得脱不开身，我便通过电话辗转寻遍了几个村子，雇了两名留守妇女，给种上了。夏日返乡，见苞谷长得茂盛，风一吹，嫩绿的叶子窸窸窣窣，母亲笑逐颜开，我心里像打开一扇窗似的，顿时透亮了。秋天，帮助把苞米收回来，望着满仓房金灿灿的果实，我更是欣慰至极。

我这个在村民眼里很风光的上班族，每年坚持返乡帮老人种苞谷、收苞谷，不知不觉给乡亲们留下了朴实、没架子的口碑。其实我内心一直很惭愧，因为家乡那一片苞谷林，使我种出了快乐，也收获了道理：孝敬老人不易，孝顺老人更难啊！

愿以孝行天下的子孙，人人都有机会种一片属于自己的“苞谷林”。

2016 年 12 月

青纱黄时风轻吟

——忆李风清[1]老师和“诗人的村庄”

那一天，秋阳高照，雨水漫浸过的乡路还很泥泞，村民们早早就黄土铺地，集体迎接一位游子，一位诗人的诗魂还乡。

秋阳下，聚集了很多人，不论什么样的身份，除了家人与乡亲，此刻身份的标签都是一样的——文人。他们共同来做一件事，给从这个村子里走出去，如今又回来的一位诗人，在村头立一块碑，给这个村子冠一个新的名字：诗人的村庄。为了这块碑和这个名字，很多人动了不少心思，因为他们要打造心中的一个梦，一个关于因一位乡土诗人引起的有关文学殿堂的梦。其实这个梦，在物欲横流的市井，在现场的与因故无法来现场的文友们的心底里，一直不曾间断，尽管有时迷茫，有时彷徨。

现在，青纱帐已经泛黄了，清风吹拂，犹如风清师的吟咏，吟咏着

---

① 李风清，中国作家协会会员，著名乡土诗人。生前为《齐齐哈尔日报》副刊部主任。著有诗集《彩色的国土》《拔节的乡情》《高飞的仙鹤》《青纱帐，并不遥远》《诗旅斜阳》等。2012 年 9 月，齐齐哈尔在诗人李风清的家乡——梅里斯区乌里斯克村立碑一座，上刻“诗人的村庄”。

岁月的艰辛，吟咏着乡情的朴素，吟咏着美好的生活。多次陪同老师的家人，或去探望亲属，或去安葬老师的遗骨，我每每在这个被称作乌里斯克的村子的前前后后穿行时，都能感受到老师的音容。

夏日里，成片的青纱帐遮蔽着村庄，草甸子上放牧着牛羊，牧羊犬东奔西跳，一条小河缓缓地穿过塔头墩子，一路歌唱着流向咫尺的嫩江。一个手持锄头、刀镰，抑或手持羊鞭，甩得咔咔响，放牧着牛羊的瘦高个男孩儿，顺着那条河流，日复一日地寄托着自己心中的梦想。冬日里，寂寥的村庄炊烟袅袅，暮雪茫茫，一行足迹蜿蜒前行，在堆满玉米秸秆的原野，倾听远处防风林传来冬鸟的鸣唱，以及一阵阵的小雪蛇沙沙地吹过，仿佛风清师在乡野吟诵：

打开的哪里是一包油黑的泥土，
分明是摊开了平坦坦松嫩大平原，
故乡的小溪水在心中缓缓流过，
故乡的荞麦花像雪层飘落桌前……

不管是离别故乡多久、多久，
不管是离开故乡已经多远、多远，
人生的第一步，总是从故乡迈出，
赤子的心啊，能不和泥土紧紧相连？

生活窘迫，也是上天的赐予。那个瘦弱的男孩早早就有了用诗语来歌颂家乡勤劳人民的满腔柔情。一路走下来，从农民到教师，从村里到乡里、区里、市里，从一位满身泥土的泥腿子，到声名赫赫的乡土诗人，他带给人们的是美好，是课堂上对穷孩子心灵的启蒙，是他们生活的希望，是方寸的版面之上，与万千业余作者的心灵对语及对他们的呵护。还有，声名鹊起的明月岛诗会，对诗芽的哺育，及对鹤城新生活的集体吟唱。

与创作班的同学第一次走进这座城市，即缘于恩师组织的首届明月岛诗会。从此，一个身着西装、脚穿农田鞋的农村青年，便与这座城市结下了逶迤至今的文学情缘。印象里，风清师经常着一件浅色的风衣，戴一顶前进帽，高高的个头，话语不多，笑亦矜持，办起事来却严谨有加。诗会、讲座、舞会，千人的盛会，组织得有条不紊，精彩纷呈，使我们充满梦的心海，荡漾着一朵朵旖旎的浪花。诗歌朗诵会时按捺不住激动的心情，聆听京城来的老师的文学讲座，仿佛看到往昔顶礼膜拜的神灵走下了神坛，口吐珠玑，浑身闪着金光，照耀得文学青年们心潮澎湃。夜晚，工人文化宫里金碧辉煌，我们这些来自底层的文学小青年，像被领路人引进了只在西方小说里才看到的贵族气十足的舞场，红地板，霓虹灯，男女相拥，翩翩起舞，俨然进入了一个远离俗世的自由高贵之所。明月岛诗会举办多届，给诗歌爱好者搭建了展示和腾飞的舞台。三年后，因未婚妻诗歌参赛获奖，老师们怜惜我们这一对以文学为媒的恋人，我们因此同被日报副刊邀请参加了北戴河采风团。人生第一次远行，三省五市，收获了许多理想的种子。而在背后，风清师仍伏案工作，在那个我多次拜访的办公室，窄窄的，桌子也过于陈旧，可满屋泛着报香，初到此地的我诚惶诚恐，那是神秘之地、梦中之地啊！风清师忙完手头的编报工作，便习惯地点燃一支香烟，转身陪我聊天，倾听倾诉，指点明路。可想而知，这放下案头工作的转身交流之间，有多少作者的创作激情被点燃，有多少迷茫的心帆重新被扬起。后来，我就有了《北山恋》《秋后》《夕阳在歌唱》等一系列散文、小说、报告文学及散文诗、诗歌在副刊上问世。每次到市里来，我都争取到报社看望风清老师，逢休息，他就引我到报社后院的家中畅谈。也许，在我们这些满身沾着泥土，真诚、朴实、倔强，并具有一定潜质的农村文学青年身上，老师看到了自己当年漂泊的影子，不仅对我格外地眷顾，即使对素不相识的如依安一对郝姓农民诗歌兄弟，也极力推崇，不吝版面，经常大块大块为他们发表透着泥土芳香的诗作，并常谈及他们写诗的禀赋。我们就这样成了忘年之交。直至我在县城漂泊四年后，在老师们的鼎力相助下，被县里破格录用，在选择单位的关键时刻，我一个电话打到报社，像打到家里，风清师家长一样指点迷津，使我在关键时刻做出了正确的选择。从此，一个身无分文的文学流浪者，生活瞬间有了殷实的着落。

青春是用来奋斗的。奋斗的历程尤其是艰辛的过去，现在看来是珍珠美玉般的美好。可奋斗中有好师相伴是几人能修来的福气？端上了“铁饭碗”，饭碗重啊，开始还坚持写稿，并出了书，考入金融部门后，夙夜在公，便无暇写作，淡出了文学圈。调到市里后，本想安顿完毕，再去拜师寻友，不料，李风清、齐振铎二位恩师相继过早辞世，上苍给了我风雨路上恩师相助的赐予，却夺走了我慢慢报答的机缘。死不累生，生亦不能负死。好在回归文学之后，我与许多人一样，再次有了为恩师遗骨迁回故乡入土为安、立碑纪念的机会。几次踏上老师的故乡，那个叫作乌里斯克的神秘地方，我都能感受到老师仿佛就在我的眼前身边，他以往凝重的目光如今笑意盈盈，笑看着家乡喜人的变化。就像现在，他的雕像端坐村头，见证着文化的繁荣。

为一位乡土诗人立碑，鹤城人大手笔，一位老诗人如是感慨。此刻，窗外仍是秋阳高照，如同一年前为诗人立碑，岁月静好。乌里斯克绵延的青纱帐被浅秋的阳光染成金黄，成片成片的，犹如老师的诗情舒展涤荡，绵延宁和，抚慰诗者前行。

2017 年 2 月

真诚，是人生旅途中的一盏明灯

2017年2月21日下午，有一点点紧张，因为一件要写入黑龙江金融作协历史的事件，将要发生，或不发生。近三点，当省作协徐一星女士通知我，主席团会议通过了省金融作协团体会员申请，并通知我赴哈参会的那一刻，我知道，我们的努力得到了认可，爱好写作的伙伴们有了更大的展示舞台。

其实，早在去年成立的时候，我们就有申请省作协团体会员的计划。写好了申请，我又犹豫了。经过半年多的精耕细作，黑龙江金融作协从无到有，步入正轨，可我们清醒地认识到，基础工作做得再好，作品少，好作品少，还是我们的短板。但春种秋收，不是一日之功，需要几年，甚至更长时间的努力。目前，中国金融作协给我们搭建的舞台足够展示了，当前最重要的任务，是鼓励会员静心写作，出作品。为此我还多次统一班子思想，与有关专家探讨。

临近年根儿，安排好工作，放下手里的长篇，我向单位告假，提前回老家——父母寄住在县城的老年公寓治病，我先回去接二老返乡，安顿好了，待外地的儿孙一起回来过年。刚到屋，就接到徐一星女士的电话，说节后上班审批团体会员，通知我们报申请材料。一星工作作风扎实，素质高，能力强，我们保持了六七年的友谊，直到去年，她到齐齐哈尔接待中国作协客人时，我们才匆匆见过一面。一星的信任，和一星的人品，感动了我不知多少次，人海茫茫，情感的世界纷乱无章，而仅仅通过电话偶然相识的我们，在后来的六年里却一直通过电波相谈、相处、相知、相助。从扶持女儿上大学、出国，到对我写作方面的指导，从省金融作协的成立，到关注我深入乐耕园体验生活，时间之久，信任之切，真诚之真，妹妹对我这样一个素未谋面的愚兄，就像对亲哥哥一样待承。她的爱人也一样令人感动，有事找到不厌其烦。两口子是我家的贵人，生活中的天使。这些年我跑京城居多，跑省城寥寥，与妹妹无缘谋面，无以回报。去年妹妹托我去齐齐哈尔大学办件事，我放下手里的工作，驾车而往，那一刻脑子里只有两个词：立刻，必须！当我得知她是帮助同事解决工作上的燃眉之急，对一星妹妹更加尊敬。六年多没见过面，相互信赖、尊敬得如此纯粹，茫茫人海，我想，那一定是难得的。去年瓜果飘香之时，她陪领导到齐齐哈尔接待中国作协一带一路采风团，在公路上等客人，乐耕园近在咫尺，却无法邀请妹妹到园子看一看，只好在路边合影留念，至今想起来仍是憾事。因为“等下次”，很可能又是六年，乐耕园花木更迭，岁月转换，谁知道妹妹再来时，还会不会是她心中曾经的美好。

因真诚相处而得到的真诚相助继续发生着。第一次报材料，迟子建主席有些犹豫。一星说领导不想随便吸收团体会员入会，怕不干事，原来有过这种先例，再说你们省作协会员少，作品少，这也是实情。不过我对你们“托底”啊，你们成立时间这么短，确实没少干事，扎扎实实的，潜力很大，我跟领导说了，领导让你们再补报一些材料。我清楚，妹妹所说的“托底”，就是在微信里对省金融作协十个月来的关注，以及六年多兄妹相处的高度信赖。我更清楚，过去的托底帮助的是一个人、一个家庭，这次的托底帮助的是一个群体、一省金融文学的发展。补报完材料，妹妹通知我领导终于同意上会的那一刻，我想象着妹妹其中的辛苦，尽管这时协会的发稿统计、年度大事记都出来了，一堆扎实的工作摆在世人面前，可仍然不可忽视一位真诚相助的天使的作用。

走进黑龙江作家协会第六届六次全委会的会场，我像进了迷宫，对那个群体的人绝大多数不熟悉。若说有一点信心的话，还是一星妹妹刚刚在《黑龙江作家》上专门刊发了我的专访——《以感恩的心态书写文学人生》，对我进行了全面的推介。不过，我对一省的文学领袖迟子建女士的文学作品是读了多年的。从成名作《雾月牛栏》，到获得茅盾文学奖的《额尔古纳河右岸》，从《群山之巅》《白雪乌鸦》，到一篇篇生活气息浓厚、凄切有加的美文，以及家事、思绪、情怀，多少次使我对这位同时代的文学领军人物产生过沉迷之感。会议报到时，我向一星提出了找时间会见迟主席的想法，作为一个刚刚被批准入会的行业协会的负责人和全委会委员，主动与领导见面也是应有的礼节。一星把时间安排在上午会议结束合影的时候。22 日上午会议开始前，我早早来到会场，当照片上熟悉的迟子建主席，一手拎包，一手挎着大衣走进会场的瞬间，一星喊我，我急匆匆赶过去，一星介绍完，我一下子拉住迟主席的手，激动地说：“我是金融作协祁海涛，我今天终于见到名人啦!”迟主席微微一笑，看着我说：“你们作品确实少一些，不过工作很扎实！”我说：“谢谢领导的关照，我们会继续努力！”上午会议结束，我像追星族一样，主动提出与迟主席合影，迟主席欣然应允，特意在主席台上穿好外套，微笑着走下来，与我并肩站在会标下面拍照。中午，我趁在一桌吃自助餐的机会，与迟主席等省作协的三位领导进行了深入交流，领导们对金融文学的发展寄予了厚望。在下午的讨论会上，迟主席又对金融作协提出了工作要求。点点滴滴使我感到，黑龙江金融作协在中国金融作协领导的呵护下，嗷嗷待哺还很脆弱的黑土金融作家们，纵向已有了一个很大的展示舞台，今天，成为省作协的团体会员，金融文学发展的空间更大了。

晚上，协会几位副主席和秘书处的同志要庆贺一下，我向一星请假，没有参加省作协会议晚餐。因没有当面辞行，第二天，我给迟子建主席发了一条短信：您对金融作协的工作嘱托我会认真落实。见到您很开心，有机会欢迎到金融作协指导工作，待春暖花开，或李子红了，欢迎您到我的“乐耕园三部曲”文学创作基地做客采风！迟主席回复：好的，多谢！祝顺利！短短几个字，给了我信心，给了我战胜前进路上困难的力量。

回来的高铁上，我没给一星妹妹发微信。操劳会议，让她好好休息一下吧。再说，我真不知道用什么样的语言表达此刻的感激之情，一声谢谢显然太轻飘了。包括协会的同志在内，大家只知道短短时间就成为省作协的团体会员很风光，殊不知背后却有一星妹妹这样的贵人相助。我不是一个能言巧语之人，处处逢迎，令人皆欢。回想从事文学写作三十多年，我因文学改变命运，从农村走出来，一路上遇到多少贵人扶持，老师、领导、同学、朋友……个个至今存于纯净的心灵之中，永生无法忘怀。从 2006 年重返文坛，一路得到鹤城文联、作协领导的支持帮助，十几年与文友们结下了深厚友谊。服务金融文学发展五年来，得到中国金融作协领导和作家们的一路关注与呵护，黑龙江金融工会、金融文联的领导也是在不相识的情景之下，不拘一格，把我推上了一省金融作协负责人的位置。这些人都是我生命中的贵人，都是纯洁的守护者，真诚生活的实践者。因此，真诚地对待生活，真诚地奋斗，真诚地与人相处，我们的头顶，总会有朵朵祥云缭绕。

真诚，是人生旅途中的一盏明灯。

2017 年 2 月

与文学初恋的时光

与文学初恋的时光，像一坛老酒，氤氲着我幽远的文学之路。

三十五年前，初秋的一个上午，我刚刚初中毕业返乡务农不久。十点钟的阳光清新而亮丽。我站在码得比树高的麦垛上，能感到秋阳在逼近。这时，“绿色使者”骑车子从村头的小路穿过来，偏黄色的初秋里，显得格外耀眼。到麦垛跟前停下来，邮差手握车把，仰头朝我喊：“祁海涛你来信啦！鸡西《雪花》杂志社！”我一听突然明白了，扔下扬叉“嗖”地从麦垛上跳到草地上，跑过去一把抓过信。麦垛旁车上负责扔麦个子的父兄，手握扬叉，一头雾水，皆怔怔看着我。

打开信，一张录取通知书，夹着墨香与八月乡村浓郁的麦香，一同灌进我的心扉。我被鸡西市《雪花》杂志社所承办的中国文学函授协调中心北方文学函授创作中心正式录取了，学期一年。中考结束后，面对录取通知的遥遥无期，我曾站在家门南面一片金黄的麦田前，心头充满了无限迷茫。何去何从？与父老乡亲一样面朝黑土背朝天，娶妻生子，安稳一生不可以吗？可十年苦读，就这样甘于沉沦而归于泥土吗？贫穷可以忍受，但愚昧落后是学到知识的我无法接受的。尤其是目睹的两对青年男女的爱情悲歌，更使我一直想找到一个抒发的出口。

迷茫间，家里的老黄牛意外死掉了。刚分田到户，一头黄牛顶一半家产。母亲哭，父亲叹，乡亲同情，我和大哥垂头丧气地拉出去卖肉。三叔家有一台收音机，我偶然在那里听到省台播出的“北函”招收学员的消息。可是去哪儿凑学费呢？牛给了我一个机会。担心父母阻拦，我从大哥那里拿了十二块钱的牛肉款，偷偷报上名。报上名也没觉得能怎样，孤独无助之外的一点寄托而已。后来发现，事情没那么简单，一切悄然发生了变化。文化贫瘠的村落，独我受到天使的垂青。每个月，函授中心按时寄来教材。开始是《名家谈创作》，之后是《当你铺开稿纸的时候》，一本接一本，你想，那时候我可能与家人在大地上劳作，可能在场院打黄豆，上鹅头山打柴，也可能酣战在牌桌上，更多时候，是在为全家的生计、新旧观念不同而争吵，而郁闷。而更现实的是，因为没有力量，我无法挣脱困扰。参加函授就不一样了。那些名家的创作谈，使我知道在这个世界上，其实有很多与我一样在与落后、愚昧斗争的人。从“北函”的教材里，我学习了全国四十多位著名作家和他们的创作感悟，尤其是与我生活境遇相似的路遥，当了解他的成名作《人生》和《人生》里的“高加林”，知道这些其实距离自己的生活很近时，犹如随波逐流中发现救命稻草一般，我如饥似渴地闷头在文学的天空里翱翔，开阔视野。《当你铺开稿纸的时候》引导我如何去观察生活，提炼生活。第一篇小说《捉贼》、第一篇散文诗《燃烧的晚霞》、第一篇诗歌《春雨》，都是函授学习期间写下的。作业寄出后，每篇都得到“北函”老师认真的点评，并按时寄回。从那以后，我发现我和家人、和身边的乡亲不同了，生来便熏染着他们朴素的亲情、乡情的我，逐渐怀疑起他们的自私、狭隘和目光短浅。于是，参加近两期的函授学习后，在县文化馆招收创作学员时，有了底气的我毅然报名。显然，由于汲取了“北函”的营养，我怀里那株文学的幼苗渐渐成形，最终由梦想变成了理想，变成了追求。从此，我成为小山村芸芸众生中的叛逆者，风雨青春，从田埂走上了遥遥的文学之路。

饮水思源，我经常忆起那段函授生活，与文学“初恋”的时光。老师的名字铭记于心，谢文斗、谷来春……他们或飘逸、或娟秀的字体，是世间最好的书法。几十年，几回滋生回《雪花》，去见一见那个梦样的地方，去见见几位充满慈爱的老师，寻寻文学的源头，可一直未能如愿。

我始终坚信情缘会续。今年，黑龙江金融作协到鸡西农行送文化下基层，祥云漫卷，我与我的文学初恋一夜之间相逢了。又是一个秋日，三十五年后的秋日。妻子与我拉着手，从我们居住的城市出发，乘上了开往鸡西的列车。这天，恰好我的“闯城三部曲”第二部——长篇小说《风雨青春》，正在连载的内容是写当年在县城文化馆创作班学习时，骑自行车驮着她追赶火车，去市里参加诗会的场景。三十几年后，又一同奔赴车站，共当文艺志愿者，这不是机缘吗？冥冥中这盛大的“寻根之旅”要有文学情侣、人生伴侣陪伴。早晨，太阳在鸡冠山上升起，又发现我们乘坐的卧铺厢编号是“1314”，更觉得神奇。与金融作家们来到《雪花》杂志社的瞬间，我的心沸腾了。面见“北函”同学，我们紧紧拥抱，恍如隔世又见……参观后，与市文联作协领导和杂志社的同志座谈，当了解《雪花》杂志不忘初心，仍坚守纯文学阵地，今年喜迎创刊四十周年时，我更加敬佩，手捧杂志，轻轻翻阅，恐怕惊扰文学魂，玷污文学梦。在纸媒式微的时代，我的文学魂梦，依旧温暖而圣洁，保持着姿势，坚守在浮躁的声响里，使虔诚的寻根人倍感欣慰。

三十五年回家，英姿少年郎已是天命年。庆幸的是我们都在坚守，坚守至今日，洗尽铅华，初心不改。文学改变命运，梦想照进现实。进城后，捧上“铁饭碗”的我，以感恩心态做好工作，坚持十五年带领青年学雷锋，被评为全国金融优秀团干部，团中央“中国青年志愿者优秀个人奖”。回归文坛后，我和妻子携手开辟乐耕园，坚持十年又演进为深入生活、扎根人民的文学创作基地。包括用生活的泥土写就的“乐耕园三部曲”，皆为初心、态度，浮躁之外的恪守。当选中国金融作协理事、省金融作协主席后，我发扬志愿服务精神，以奉献为乐，像当年《雪花》培育自己一样，热情扶植金融作家和文学爱好者，使黑龙江金融文学从零起步，四年来已呈蓬勃之势。不敢估测当年“北函”万名学员的命运，与《雪花》的正向关系，仅就自己而言，如果没了那场文学初恋，以月为期，飞鸿传书，不知一个小山村里的卑微少年是否还能同样找到一棵“橄榄枝”，把他从沉迷中救起，从此运济全新？

初恋永存心底，文学之路风景依旧。祝愿《雪花》永远纯净地飘洒，从鸡冠山出发，跃出黑土大地，为钟爱生活的人们，带来风情万种的诗和远方。

2019 年 10 月

山水乡愁

晨光铺洒，林荫遮蔽，笔直的村路埋在寂静里，两侧林中不断传出来一串串鸟鸣。

钻出车，你一下能感觉到蒙蒙水汽，从林子外的荒野飘过来。顿时，你浑身被一股嫩嫩的清新包裹起来，你像掉进了大自然的水露缸里。迎着初夏的晨阳那灿烂而不刺眼的光线，我拐进胡同，拐进那个小狗护院儿的小茅屋。

一个承载了一对夫妻十几年心血的心灵庄园，文学的第二故乡，说不清楚已经多少次进进出出，今天还是感到了一种清新，那种大地刚从沉睡中醒来，一切凤凰涅槃般重新开始的别样。

接下来，我像初到庄园时一样，前后院地拍照。村路，村路上骑着车子，包着头巾，赶着去铲地的农妇；果树，果树上长到小拇指大小的李子；秧苗，秧苗叶子上的露珠；院落，院落里来回奔跑的小狗乔乔；房舍，房舍电线上的麻雀，鸡架里钻不出来急得团团转的罗斯鸡，邻居树地里悠悠闲闲觅食的一群白鹅。还有后院那片香瓜田，潮水一般的白色大棚之上，梅里斯种瓜区来的新接手的瓜农，手里拎着油桶，像大海里的一叶风帆，在潮水里游弋，一点点变小，不一会儿，你就听到了瓜地北头的方向，传来了“嗒嗒嗒”柴油机发动起来的声响。

一个时辰左右，太阳升起来了，周遭渐渐恢复了普通早晨的模样。

我像从天外回归尘世，载着无尽的愉悦，驾车上了公路。穿过公路疫情检测区时，堵塞的车流尚未形成，按规定例行检查快速扫码之后，我飞速回到了公路北父母居住的楼房。在这个温暖之乡，我已围绕老人身旁，缱绻了一个多月。年迈的双亲自从乡下搬来，三年里，我这个唯一在身旁的儿子，不知多少次穿梭，穿梭在城市与郊区，李园与父母居住的这座叫“千禧名仕”的楼区那几里路之间。自从妻子去外地照顾女儿的月子，我就住在了这里，将城里新楼和乐耕园都闲置起来。

因为我清晰地认识到，常来看老人易，常住难。父母在的地方，故乡就在了。

见我回来了，母亲腰上扎着围裙，已经和好面，厨房里飘出来切碎的韭菜与炒鸡蛋搅拌在一起的香气。早起巡园出门，母亲说要烙韭菜合子，父亲还在南屋仰面酣睡。“我再睡会儿!”回到屋，扔给母亲一句话，我脱衣服钻进了北屋一张属于我这个“孩子”的单人床。

“快起来，凉了不好吃啦！天天整这事，人家吃完了再起来吃二悠，老了老了长脾气啦!”

七点钟，母亲喊父亲，捎带将我也叫醒了。这时，满屋已经弥漫韭菜合子的香味了。

父亲睁眼滋润了几分钟，笑眯眯地起床，一身线衣线裤，洗过脸，到厨房端起饭碗就吃合子。屋里抓回三周给母亲取乐的二十只鸡雏，早晨已经练习司晨了，那清脆稚嫩的第一声鸣叫，被母亲听到了，乐不可支。但鸡屎有味，饭桌取消了。父亲屋里屋外地溜达着吃，没等我洗漱完毕，只听厨房叮当烙韭菜合子的母亲喊：

“还不吃呢，净装，可能塞啦！吃几个了？”

父亲溜达着，手里端碗，嘴里咀嚼着，笑眯眯答：“吃四个了，要不是看你辛苦，给你留几个，我还能吃一个！”

“还剩八个，一人就四个，你吃的就是你那份，你没占着别人的便宜，美你的！”母亲嘴上不饶。

我心里美滋滋的，为两位老人耳聪目明的精神头，更为两位老人日常幽默的交流方式。

“八十六岁不戴眼镜、不镶牙，一辈子甲级睡眠！”父亲站在我面前跟我说这话时，俨然是个孩子。我早就意识到了父母的返老还童。昨日六一，给新来到这个世界不足百日、远在外地的外孙女的第一个儿童节，以发朋友圈的形式表示了祝福，并写下了“人世间的爱给了你，未来，也希望你把爱回赠给人世间”的祝福语。而晚间，则买来烤肉，给两位老人过“儿童节”了。

现在，独自驾车回城上班的路上，晨雨初晴，街道的前方车流如水，高楼似山。我想着乐耕园的早晨。广播里正讲着“看得见山，望得见水，记得住乡愁”的总书记的叮嘱，那一瞬间，我给本文拟好了标题：山水乡愁。乐耕园无疑是我的第二故乡，连同迁居来的老人，我们一起生活在第二故乡，有时，也常常误将他乡当故乡，化解了乡愁。此刻，望着繁华的车流，我想起了家乡的小河，看着耸起的高楼，我想到了家乡的鹅头山，那些个承载童年记忆的地方。看完微信里在沈阳做泥瓦匠的兄长发的为人装修楼宅的场景，又从母亲那里得知新疆务工的兄弟正乘三天三夜火车归来的消息，以及今天刚好是妻子返回的日子……斯人斯事，无不承载着从老家的村子出发，从老家的县城出发，那些风浪，那些岁月，那些人和事儿。

乡愁洒落在仅仅几百里的回乡路上。乡愁在远方的山水间等游子回归。人生在此刻的时空里交替，穿梭，无限放大，我感到了一种前所未有的释然。人这一辈子，不忘记来时的路，即好。

2020 年 6 月

园外之话

——写在“乐耕园三部曲”出齐之时

经过紧张的编辑校对、修修补补，《李园杂咏》终于付梓了。

本书从策划至出版长达两年之久，期间断续补充了很多内容。2015年最后三个月，我又对注释和后记部分进行了反复修改——有些观点，很难确定。现在，站在心灵的门槛上，回望汗水和快乐浇灌的时光之路，忽然感到，随着《李园杂咏》的问世，一个无限纠结的岁月结束了。

为什么这么说呢?

是因为，《李园杂咏》中的诗词形成这七八年，恰是我人生惑而不惑的一个时期。这七八年，我们国家的经济飞速发展，问题也纷至沓来。财富掠夺，环境破坏，人间欺诈，底线失守，随着传统的思想被打破，迷茫、浮躁、醉生梦死、追求享乐，充斥着我们的生活。

可以说，这是中国社会何去何从的关键时期。

业余深入乐耕园，是体验生活也好，是逃离也罢，我成了维摩诘式的“在家如同出家，入世即是出世”的实践者，纠结着出世，再豁达着入世，再纠结着出世，再豁达着入世，并用各种文学样式记录了这一切。过去，《李园杂咏》中的诗词如同沉睡的历史，安静地蛰伏于电脑里。如今要公之于众，面对诸多发生过的和正在发生的现实流，如何来定性呢？不注释，担心会给历史留下谜团；注释，很多问题又难以把握。即使已经有结论的部分，能否大张旗鼓地阐述呢？毕竟，我距离现实太近，身在其中。

我徘徊，忧虑，患得患失，常常把自己逼进了死胡同。

每当这时，我无数次地认识到自己这个小作者，的确无法像大作家那样力挽狂澜。尽管骨缝里从来没有停止寻找稳妥表达方式的可能。

每一个思想的来临，我都血涌；每一次自生自灭，我又万分地沮丧。

除此之外，针对读者对已经陆续面世的《庄园日记》《李子红了》的反映，我隐隐感到“乐耕园三部曲”的思想和生活态度，还远远没有传达给读者。评论家对系列文集的解读，尽管事先打了“预防针”——创作的初衷和体验农耕生活的感受，可结果与我的主观愿望相去甚远。

我知道，对一部作品的理解和接受，读者需要时间。就像出版两年的《庄园日记》，已经得到了非常不错的好评。

大音希声，有些注释中终未阐释的晦暗不明的问题，需不需要交代一下呢？经过一番思想斗争，现在正享受养尊处优生活的我，感到不能白食纳税人的钱粮，还是应该有一个对历史负责的态度，不管三部曲会不会给历史留下痕迹。

为此，我决定说上几句“园外之话”。

一

人们说我是文学改变命运，这也使我常常回忆起 1986 年初春那个难忘的夜晚。那天小兴安岭的天空一朵祥云飘过南麓，我冥冥中抓住了它的羽翼。春节前，村干部家买回了全村第一台黑白电视机，村民们好奇，都去围观，我是个脸皮比较薄的人，不愿意看人家的脸色，很少去，但那天偏去了，偏又赶上了播发艺校招生广告的时段。这条似乎全县几十万农民专为我播发的信息，使我克服了没有吃住落脚之地的困难，瞒着父母，骑着自行车，到四十里外的县文化馆学习创作。那年我刚刚摸着二十岁。经过四五年的风雨磨砺，我因文学跨过了城乡鸿沟，被破格录用了，进城工作了，由一个种粮人、卖粮人，变成了一个管粮人，实现了人生的第一次跨越。

好事不会自动上门。艺校创作班四五十名学员，能成为唯一的农民学员，那是我初中毕业回乡务农后，对文学暗暗追求的结果。我连续两期参加了鸡西市《雪花》杂志社承办的全国文学函授协调中心北方文学创作中心的学习。当年可敬的编辑部老师批改作业的信件，现在还珍藏在箱底。

如果说三十年前到文化馆学习创作，是我懵懂中把握的第一次人生机会，那么七年前我走进乐耕园，则是我把握住的第二次人生机会。

两次同样重要。

第一次关系我的命运，第二次关系我的人生态度。

2009 年 6 月 5 日，世界环境日，我一生都不会忘却的日子。那一天，我成了闻名遐迩的扎龙湿地侧畔一块李园的主人。记得那个初夏的下午，刚刚还完车贷几个月，我就和妻子驾着车身依然锃明瓦亮的“伊兰特”，尾随着一辆微型面包车——原来庄园的主人老那，去银行取贷款付款，去场部更名。城镇化建设之前，坐落于城郊、隶属农垦系统的种畜场尘土飞扬，到处弥漫着传统部落一般的神秘气息。

就是这一天，改变了我四十岁以后的生活，上苍赏赐我了“乐耕园三部曲”。尽管那天距离我重返文坛已有三年，并做了一些热身，比如读书补课，比如走进文学圈，比如自印初学文学时期的诗集，但我愿把走进乐耕园这一天，作为我回归文学，改变后半生的一个新起点！

当时，我生活的这座城市一片歌舞升平，两个衣食无忧的国有银行公职人员，为什么要屏蔽喧嚣，进入乡野腹地，年纪轻轻就去耕耘一座庄园呢？

这就是生活的魅力，由太多的不理解和谜团带来的魅力。

我起初回答的关键词是：乡愁、腐败、身体和文学。是乡愁勾引了我的魂魄；是腐败打乱了我的思想；是不健康的生活方式打垮了我的身体；是文学情愫一直在我的思想深处氤氲。

人们常说，也许有过富贵之后才有心思安贫守贱。可我算什么？与妻子两个人的工资收入刚好维持女儿读书和赡养乡下的老人。买车、购园，皆为透支后十年的预期收入——贷款而为。

乡愁人皆有，酒乱客眼迷。这是时代的通病。最使人无法忍受的是官场上的污浊之气，给心灵带来的伤害。

自从跨出农村，跃进城池，二十年来我一直感激党对我的恩泽。破格录用，农转非进城工作，这是多么荣耀的事情。可懵懵懂懂中，社会变得物欲横流，我只能随波逐流吗？

这是购园之初经常令我辗转反侧的问题。

我最终选择了逃离，寻找一块清静之地，深入群众，脚踏大地，向文学殿堂拳拳服膺，顶礼膜拜！

我不是历史上逃离现实，纵情山水的隐者；我更不是另辟蹊径，想做发财梦的现实英雄。但我也是一个血肉之躯，在心中的温度快降到零点的时刻，我需要业余开拓一种新的生活方式，调整心态。

光荣进城二十年，我的成功曾经使多少人羡慕，激励多少人，为一直务农的父母兄弟增加多少生活的信心。不管多么艰难，我都不能走向极端，都要把心态调整好，走好人生路。用妻子的话说，你输不起，没有理由不把工作干好！

妻子是这个世界上，唯一能把我理解透的人。

于是，我的人生开始转折了，生活有了新的生机。因为常常跳出三界外，享受耕园之乐，积郁烟消云散，身体日渐康朗。春夏秋三季，每一个日出耕园之后，我都驾车拉着妻子，快乐地投入到每一天的工作中去。转过年，我被评为总行优秀团干部、青年学习典型；2011 年又被评为全国金融优秀团干部；2012 年因长期组织学雷锋，被评为团中央和中国青年志愿者协会第九届“中国青年志愿者优秀个人奖”。总行下发文件，专门对一个人通报表彰，号召全国系统青年学习，这是至高荣誉。同时因主抓安全工作成绩突出，被公安部荣记三等功一次。

更令我欣慰的是，我没有随波逐流，同流合污，而是调整心态，最终坚持到依靠十八大的朗朗清风，职务得到正常晋升。

不管这些年发生了多少使人难以忘怀的事情，荣辱并进，但我还是把“乐耕园三部曲”作为这段蹉跎岁月最大的收获。就像阿成老师对我的总结一样：当他成为一个辛勤的园丁，说是以解乡愁也好，说是汲取劳动之乐也好，但在我看来，他更是将这个小小的果园当作自己的文学创作基地，或者是一个文化新旅程的出发点，将自己的田园之乐和社会之思，乃至美学上的追求写成一篇篇优美的散文。是的，这是我的另一份文化收获——七年里我潜心创作了“乐耕园三部曲”。

而这个社会，又在发生什么样的变化？

十八大的春风，犹如漫漫寒冬里炸响的春雷，贪腐分子陆续走上了历史的审判台。看到昔日的领导和身边的同事被审查，吞下权钱交易的苦果，我既痛心，也为自己能从如此的环境中逃脱而暗自庆幸。

我把握住了人生中的第二次机会。漫漫长夜中没有迷失和沉沦，而是开辟了以写作为轴心的新征程。

感谢时代。感谢文学。感谢乐耕园。感谢教我种园的母亲和业余陪我过着男耕女织生活的妻子。

二

习近平同志在中央文艺座谈会上讲过，文艺创作方法有一千条、一万条，但深入生活、扎根人民是不变的真理。毛泽东同志早年在延安文艺座谈会上也讲过，有出息的作家，就是要深入到火热的生活中去，在人民群众中间发现、提炼创作的养料。对这一点，我还从文学陕军中得到启发。柳青挂职深入生活创作了《创业史》；路遥深入煤矿创作了《平凡的世界》；陈忠实进入专业作家队伍后明智地返乡，十年创作了

《白鹿原》，等等。这些前辈的成功经验都给我留下了很深刻的印象。我与他们深入生活的角度虽有不同，但实质上我与前辈们殊途同归，完完全全把自己的业余时间置于果农生活当中，彻底沉下去，而不是走马观花。我的作品不是文学走进生活，而是生活走进文学。当大地无私的孕育之情，对鸡鸭猫狗呵护有加的哺育之情，天灾人祸关系果农生计的民生民情，随时在你身边发生的时候，我的心灵不断得到净化的同时，总会促使自己不由自主拿起笔为生命而歌，为劳动而歌，为美好而歌，为弱者呐喊。

这种记录大于创作的感觉，这种生活溢满笔端的感觉，经常陪伴着我，并且异常强烈，就像吃着餐桌上与妻子亲手耕种的绿色菜蔬，永远也享受不完一样。我想，这比起那些整天关在书斋里，仅靠想象和嫁接写作的感觉，不知要好上百倍千倍。因为在我的写作经验中，也曾遇到闭门造车的苦恼和不堪。深入生活真会使写作变得流光溢彩，大地和人民从来不会辜负亲近他们的任何人。

三

“乐耕园三部曲”的写作既是有感而发，也是一种责任感的体现。为什么呢？不消说自己是一名被文学改变命运，受文学恩赐才有了今天殷实的生活，仅仅因为自己的家人都是农民，有的在老家守望，有的漂泊在打工路上，潜意识里就有一种声音向我呼唤：你应该为他们做点什么！当深入乐耕园第三年，我完成散文随笔集《庄园日记》的写作，有一天我发现农民的现实命运还没有完全反映出来的时候，就萌生了一个想法：我要创作一部长篇小说来完成这一使命。

这就是《李子红了》的创作初衷。它也是“乐耕园三部曲”中我认为社会责任感表现得最为强烈的一部作品。它通过李园果农所遭遇“天灾人祸”的戏剧性故事设计，对城镇化建设、农村专业合作社、反腐败、网恋、人口老龄化、农民工等一系列社会热点问题，集中进行了表达和思考；同时，对泛滥城巷的追求享乐和利益最大化的不健康生活方式，以及私欲膨胀给人们带来的恶之果，发出警示之音。

四

“乐耕园三部曲”遵循创作来源于生活、高于生活的艺术规律。

“乐耕园三部曲”达八十万字，是由写在手机上的二十个字的打油诗开始的。这首打油诗后来成了《庄园日记》的第一篇日记。也就是说，三部作品是得到生活恩赐，陆续设定计划创作完成的，并不是走进乐耕园就设计好的。至于后来冠名“乐耕园三部曲”，乃水到渠成，纯粹是一种形式上的需要。

整个“乐耕园三部曲”的创作底色和总基调，从《庄园日记》的开篇小诗“庄园到我家，妻女乐哈哈。偶避浮世躁，原种绿色瓜”，就奠定了。即以李园日常绿色健康生活为轴心，首先将其作为市民寻求健康生活方式的“试验田”，从这一视角全方位地进行描写和叙述、探索和思考、创作和表达。同时向“三农”问题辐射蔓延，将果民在市场经济中的弱势地位，以及农民对城镇化建设的希望，作为又一大主题来展现。

相比较而言，三部作品中《庄园日记》的写作是从容愉悦的；《李子红了》的写作是审美的，田园牧歌式的；《李园杂咏》的写作最为纠结，也是修改比较吃力的一部。它们的相同之处，在于无不来源于李园生活，从李园日常生活入手，从细枝末节入手，从不同角度运用不同写作手法，来反映李园生活和市民、农民的喜怒哀乐。这三部在“土地中孕育成长的作品”，当然不追求语言华美，结构怪异，而按照“生活先于艺术”的指导思想开展创作活动，创作中追求返璞归真、接地气的表述氛围。

具体到每一部作品，在写作《庄园日记》的三年时间里，我正处在写作能力的恢复阶段。此前几年我虽然进行了大量阅读和重新写作的练习和准备，但毕竟十五年的写作间断使我元气大伤。从 2009 年开始，通过大体三年的记录和创作，我渐渐恢复了写作底蕴，到完成这部书稿时，我的下笔已由生涩变得极其从容了。加之人生阅历的积累，思想深度也有了很大提升。阅读过我两个时期作品的人，都感到了我的进步。尤其得到资深作家“读起来感觉很从容”“这就是你的风格”的评价，使我对自己的写作深深地舒了一口气——我可以继续向前迈进了。《庄园日记》出版后，由于形象生动地记录了有趣的田野生活，对市民一些不健康的生活方式进行了探索思考，受到广大读者的欢迎和喜爱。这更加坚定了我写作的信心。

我的第一部正式面世的长篇小说《李子红了》，如果说获得了一点点写作实践上的成功，我愿把它归结于一次大胆的自我否定。这使我至今认为敢于自我否定是非常可贵的一条创作经验。《李子红了》利用两次加起来四个月的时间完成了初稿，可是放置了一年半才重新进入修改程序。对自己作品的修改向来是令人纠结的。修改到第四稿的时候，我认为可以示人了，也就是说修改到第四稿的时候，它仅仅停留在可以示人的水平上。虽然此前我创作了一部十万字的长篇压在箱底，可对经过反复修改终于有一部长篇可以示人的我而言，的确过了几天得意的日子。一日清晨，当我起床重新回味自己的成果时却猛然发现，小说还很粗糙，还有很多精彩的生活没有写进去，人物形象的刻画还很不细致，很不鲜活，语言还有拖沓。不破不立。如果说前几次修改还停留在修修补补上，那么这一次，我像个英雄，大刀阔斧地对整部作品的故事结构、人物命运和叙述语言又重新整理了一番，并增加了一些不可或缺的田园生活片段，直到满意为止。可以说，《李子红了》同样不是以小说描述现实，而是在现实生活中发现了小说，它以一个局中人的视角，提炼并按照艺术规律再现了我所经历的生活中正在发生的故事，关注了我国城镇化建设进程之初，以及农村合作社颠覆传统土地种植管理方式起始阶段，果农们的阵痛过程。《李子红了》上部写的是天灾，下部写的是人祸。上部较多运用了审美式的写作方法，通过田园牧歌式生活的展现，关注的是城市上班族远离浮躁，寻找田园生活的状态；下部更加注意了小说的故事性，关注了果农城镇化进程中的命运。如果说上部扩大了小说空间，使人更有一种“乡愁感”，那么下部则主要按照时间脉络，线性交替进行了故事铺展。艺术创造需要反复实践和修改，更在于大胆地否定。《李子红了》是我驾驭长篇作品的一次完整实践。在反复修改和否定中获取了很多经验，为我今后的写作奠定了基础。因此说《李子红了》对我而言，是十分重要的一部作品。

《李园杂咏》是我十年来对古体诗、现代诗和歌词艺术创作追求的结果，更是我进入不惑之年之后，尤其进入乐耕园之后，对一些人生问题的思考，将生活所思所想诗化于笔端。它的特点是古体田园诗写作占据了很大篇幅，通过对田园生活的精短诗化表达，借用恬静表达喧嚣，依赖踏实鞭挞浮躁，铺展返璞归真的生活景象，警示充满诱惑和风险的现实社会给人们带来的伤害。与前两部作品不同，《李园杂咏》主要是农耕之余，对一些日常生产生活情形和人生感悟的记录，很多都是在手机上写就的，但仍然是按照生活先于艺术的创作思路，鉴史志录，真实反映了一个生命个体，其实也是他所存在的这个社会、这个国家、这个民族的阵痛历程。

五

深入生活和创作实践得到了时代的关照。我永远忘不了 2014 年 10 月 15 日这个令人兴奋的特殊的日子，中央文艺座谈会精神鼓舞人心。那个深秋，我正在乐耕园收获，对录在手机里的总书记讲话进行了反复学习。文艺创作的方法有一百条、一千条，但最根本、最关键、最牢靠的办法是扎根人民、扎根生活。这使我笃定了自己这些年所坚持的创作道路是正确的。

进入乐耕园体验生活这些年，我的创作活动得到了各级作协领导和文友的鼓励、支持和呵护。齐齐哈尔市作协鼎力支持。朱虹宇主席和各位副主席、文友经常到园子给我鼓劲。散文随笔集《庄园日记》就是在朱虹宇主席的支持下，顺利纳入“齐齐哈尔作家文丛”系列，由南海出版社出版的。并推荐《庄园日记》和《李子红了》参评文艺奖，使三部曲中的两部相继获得2012—2013年度、2014—2015年度“齐齐哈尔神鹤文艺佳作奖”。长篇小说《李子红了》得到了中国金融作协主席阎雪君先生的经常鼓励，还未完成初稿，他就鼓励我说：“你写吧，我给你发表!”小说完成后，他将缩写部分收入了《中国金融作家长篇作品集》。他还在全国金融作协会议上几次介绍我走对创作路子、找到创作“根据地”的经验。同时，经中国金融作协副主席龚文宣先生推荐，《李子红了》通过合作方式，由国务院下设的中国言实出版社正式出版，并在网上发行。“乐耕园三部曲”的创作也得到了黑龙江省作协的关注指导。著名小说家阿成先生几次深入乐耕园鼓励指导，散文随笔集《庄园日记》和《李园杂咏》出版时，阿成先生均撰写了非常精彩的短评，集中都已收录。尤其是长篇小说《李子红了》创作期间，遇到创作思路上的问题，阿成先生给予重要指导，还推荐谢幕先生撰写评论。另外，“乐耕园三部曲”的创作也得到了省作家协会《黑龙江作家》编辑徐一星女士的高度关注。长篇小说《李子红了》完稿后，她推荐给北方文艺出版社，并经过审查，上报了国家原创长篇文艺精品项目。“乐耕园三部曲”全部出版后，徐一星女士又出面邀请黑龙江省内的评论家，对其进行综合评论。

写完此篇《园外之话》时，中国金融作家群里传来了湖南金融作协主席会议成功召开的消息。欣慰之余，深感副主席胡玉明先生的一首《主席会议有感》，正切合我现在的心情，借录于此，以表中国作家盛世之下共同的文学情怀：

麓山傍水古今之，文壮橘州意浓时。

笔底波澜天然画，民间疾苦乐忧思。

昔闻绝唱毛公赋，今难作和范子词。

旭日东方初奋起，抬头皎月忆润之。

2016 年 1 月

为乡愁和农民书写

——《李子红了》创作笔记

一

自从进入乐耕园，与妻子利用业余时间开始田园生活，不管初衷是为远离浮躁也好，还是寻找健康的生活方式也罢，其中一个重要原因是无法回避的，那就是对乡村生活的殷殷眷恋。还有一件事情是我始料不及的——业余深入农耕为我的文学创作提供了源源不断的养料。因为除了冬日闭园回城，每到春夏秋三季，我与妻子都经常居住乡间，除了上班，早晚、休息日都与果农生活在一起，说是同呼吸、共命运也不为过。三年来，我陆续创作了六十几篇散文随笔，结集出版了《庄园日记》。还创作了一些“田园诗”，可看出我和妻子的农耕生活，少了些许劳累，多了一番“狗吠深巷中，鸡鸣桑树颠”，世外桃源一般的情趣和景象。

可我也感觉到了风险。城市扩张正如火如荼，城镇化建设的步伐也陡然加快，李园将被动迁建楼的传闻不断袭来。自从进入李园，这里几乎年年遭遇雹灾，损失无人问津，老百姓只能抱怨是龙王爷害了他们，说这片李园是秃尾巴老李每年六月初六回家给母亲上坟的路，龙王爷经过的地方，自然是闪电雷鸣，风雹交加。

我信还是不信呢？面对春剪夏锄的辛劳，流淌的汗水，尤其丰收在望的李园往往瞬间就被冰雹砸得七零八落，满地狼藉，果实付之东流的悲惨场景，我也曾为此传说一度纠结过。

李子有了雹伤，水果贩子趁火打劫，李子的价格被压到了几毛钱一斤，使伤心透顶生活难以为继的果农去年听到马上要动迁的消息，就像遇见救星一样，眼里含着泪水，成片成片地砍掉了正是盛果期的李树林，纷纷栽起了无法食用只能用来酿酒的山葡萄。为什么如此决绝呢？因为动迁时葡萄比李子的补偿要高出三到四倍。

城市扩张和还不成熟的城镇化建设对生态环境的威胁，以及农民失去土地后何去何从，都使我对农民兄弟的生活境遇与日忧虑。这期间，又发生了一件闹得沸沸扬扬的大事——由于动迁文件对葡萄补偿制定了过高的标准，新城扩张在某处动迁时，农户弄虚作假，套取动迁款，数额之大，涉及人数之多，令人触目惊心。还好，仅仅一年后，决策者及时纠正了错误。新的动迁方案就锁在我的抽屉里。我清楚那方案意味着什么，我不敢把这个消息透露给果农。因为砍掉李子，改栽葡萄的代价太大，有的倾家举债，有的贷款而为，现在葡萄补偿回落到与李子相当，那么政策朝令夕改带来的损失由谁补偿呢？更何况，国家对耕地红线的控制越来越严格，权商交易的空间越来越狭小，可以预判，未来庄园动迁开发楼盘的可能几乎归零。如果说开始砍李易葡是无助而盲从，轻率而为，那么接下来果农们的处境将十分尴尬，他们要为政策误导埋单。要知道，山葡萄比李子的生产管理费用要高出几倍，即使熬到三四年之后收果上市，也会因种植面积陡然增加而廉价滞销。

天灾无奈，人祸也无奈。这就是我萌生想写一部长篇来为农民倾诉的初衷。生活在他们中间的我，愈来愈感觉到，市场经济大潮中，农民兄弟还是个庞大的弱势群体。这一点，也不断在我老家仍然顶着烈日种植大豆，却年年挣不到钱的三叔那里，在不断徘徊于城市边缘打工的兄弟姐妹那里，得到了一次又一次的印证。

对于写农村生活，我是有基础的，不消说土生土长在乡下，生活了二十年，就论这几年躬耕于田亩，与果农老乡、花草树木、鸡猫狗猪朝夕相处，也积攒了很多田野趣事、乡间逸闻。如清人金圣叹所言：然而经营于心，久而成习，不必伸张纸笔，然后发挥。盖薄暮篱落之下，五更卧被之中，垂首捻带、睇目观物之际，皆有所遇矣。

可是现在，我有些沮丧。当初要写一部关于农民现实命运的长篇的热情一扫而光，我感到自己给自己制造了一个很大的麻烦。

不得已，昨天大年初十，给冬季去海岛过候鸟生活的小说家老师打了一个电话，专门请教小说创作上的事，这还是第一次。原因是，2012年8月20日开始动笔，一个月，每天一千多字，后因单位要搞中层干部竞聘，考试背题，中断了四个多月，才又找回感觉重新开始。找回创作状态实属不易。当时在园子吃住和劳动，虽然没做任何准备，包括提纲和故事梗概，只因为潜意识里有，加上李子刚刚丰收，心中存储了几年的生活片段和故事一股脑儿地溢出来，便水到渠成一样地开始了《李子红了》的写作。而开始在电脑上敲击这部小说的时候，心中明确的只有《李子红了》标题上的四个字。

现在，2013 年春节放假虽结束了，可上班不忙，加之妻子女儿好酒好菜的鼓励，一心去写作，最多一天写五千字，少则两三千字，很快就写到七万字了。但突然停下来，原因是面临一个重要的问题需要解决，就像走着走着，突然来到一座大山面前，绕是绕不过去的，必须解决。否则继续低头拉车，不抬头看路，走偏了，再纠正就困难了。主要是：关于原先设想（故事早就胸有成竹，只是没写到纸上）好的因为城市扩张，占用农民耕地，农户弄虚作假套取动迁款，牵连上百名头头脑脑，涉及众多人的事件，从哪一个角度切入？直面揭露现实会不会带来一些麻烦？或者作为一条隐含的暗线，衬托一下城市扩张对大自然环境和绿色生活的影响就可以了？两种选择，两种不同的写作路线图，会直接影响写作的走势和故事的安排——尽管故事结果是一样的，庄园生活得以继续。经验少，几乎没有，我急得团团转。思考了两天，觉得还是请教高人吧，看看人家在遇见类似情况时是怎样处理的。昨天刚到单位，就一个电话打给阿成老师。历年阿成老师都要像候鸟一样去海岛越冬的，现如今留在哈尔滨照看外孙。老师是家喻户晓的小说家，绝顶聪明，且经验丰富，一听就明白了，马上主意就有了，使我心结大开，醍醐灌顶。第一个体会是我担心的问题是有道理的，他说确实要注意处理好，若是日后修改，处理起来会很麻烦。幸亏我没有独自蛮干。第二个体会是，老师指点的只是一个思路，他毕竟对我的整个创作安排，还有已写下的文字不了解，但不要轻易怀疑自己的心血和创作，推倒重来，应该重新审视，看看能否采取一条中间路线加以解决。也可将敏感的东西回避掉，那样故事可能不那么好看了，但是不是也成全了小说在一种悠然的、世外桃源式的生活中，来反衬喧嚣、浮躁生活的风格？容我慢慢地去解决这个问题。今天早晨才想到应该把这样的创作过程中的想法记录下来，将来对小说的理解是一个补充，是完全必要的。

二

小说有突破了，写到第二十七节，在李子红了，即将收获之际，一场雹灾，把主人公庄园美好生活的梦想给打碎了。如果说这是一场天灾，那么接下来就该写动迁的人祸了。为此昨天清晨突然产生了能否将小说分为上下两部，此处为分水岭，下部从二十八节开始。分为上下部有什么好处和讲究呢？翻了一些名著，如案头的《幻灭》《平凡的世界》，认为有讲究，可能是一个故事的转折发展阶段吧。暂且这样处理，章节不变。没经验，试试看吧。

三

小说写到了十万字。这对于我虽是第二次经历（第一次是几年前《闯城记》第一部的写作突破十万字），可还是激动不已。它是一个标志，跨越了，就看到了希望。妻子听了也很高兴，问我打算写多少字。我说十五万字左右吧。现在有三个话题要谈：一是细节。与妻去文华书店找一些名著来看，对细节重要性的认识越发清晰。小说的生命力来自细节。比如柳青《创业史》中的《梁生宝买稻种》；比如《平凡的世界》中一根火柴点着两根烟；比如《双城记》对马车毛车的描写；比如《静静的顿河》……不胜枚举。对照自己的写作，我做得还很差，有雕刻功夫上的原因，我看主要还是注意力上的原因，还是挖掘得不够，不深刻，不彻底，不入骨入髓、入木三分。以后注意。二是人物。还停留在外貌的描写，少有心理活动。心理活动若想描写好，主要是洞察人物的“该”与“不该”。小说里的每个人物都是有他的特点的，职业身份、文化素养、心胸品德、性格特点、所处场合，等等，都是“这一个”，而不是“那一个”。应该注意。三是关于小说的故事。原来可能一再强调以休闲绿色的乡野生活来反衬城市生活的喧嚣，最后还要以理想化的挽歌式的结尾结束。现在可能少些主观、多些客观地去描写人们的生活状态——城镇化是历史的趋势，四面八方来到九连李园居住的人们各自抱着不同的目的。城里人来乡野休闲，农民有住楼的愿望，很多人想多得些动迁款，各有各的想法，也是合情合理。这个要注意。好在已把握。不管结果怎样，前后近两个月的时间，推进到了十万字，思想上的焦虑，身体上的不适，毕竟都挺过来了，自己的劳动成果，就像自己的孩子，值得为之庆贺和珍惜。

四

写作好像是一盘豆芽菜。昨天买来绿豆芽，炒时用粉面子勾了芡，几十年都这样。剩下的今天早餐炒了，没勾芡，味道别样，全吃了。我对妻子说：写作就是炒一盘豆芽菜，有一个角度的问题。此心得来源于对《红与黑》的重温与解读。小说写到十四万字了，时而信心十足，时而心生忐忑，无非四个问题：故事、人物、细节、语言。回望故事，只能说框架出来了，需要进一步理顺。人物该出场的都出场了，还应在详略和生动、鲜明上下功夫。最麻烦的是细节和语言。丢掉了很多李园生活中精彩的细节，比如夏富贵将李树砍掉，栽上了葡萄，写完之后突然有了一个灵感，作为一个果农，精心侍弄上千棵李树十几年，一定是有感情的，他应该在没人的地方哭上一场。不论是生活中还是艺术上的要求，这才真实，这才符合人性——农民对大地的爱，对庄稼果树的情，这是二稿修改时应该深入思考和弥补的。有人不是说过吗，回过头来看历史名著，即使没有千回百转、轰轰烈烈的大故事，但之所以被读者认可，有生命力，经受住考验，就在于对生活中的点点滴滴甚至琐碎的细节生动再现。关于语言叙事风格，司汤达给了我很大启示。很幸运昨天午休时重温了《红与黑》这部早年读过的非常喜欢的名著，因为主人公于连的命运，有着我自己的影子。底层青年向上走的种种遭遇，我对此感同身受，有共鸣。司汤达也是在四十五岁利用半年时间创作了这部五六十万字的小说，与我现在的年龄相当。当然他是从军后三十岁开始写作，写《红与黑》时已经有了十五年的写作经历，我与他不同的是，中间十五年把写作丢掉了。这可能是我最致命的。因为二十五岁至四十岁这十五年，是一个人生命力最旺盛的阶段。庆幸的是，我又重新开始写作五六年了。在写作的把握上，司汤达注重心理描写，对人物外貌和场景的描写微乎其微，心理描写却是长篇铺叙的，甚至到了枯燥的程度。灵魂深处闹革命。我理解了这部小说为什么当时没有流行，枯燥就是原因之一。然而到了一定的历史阶段，当时对主人公的心理描写就像尘封多年的陈年老酒，在人们对那段历史模糊淡忘的时候，它却清晰地展现给读者，醇美香甜，鲜活生动，合乎情理。这就是一个负责任作家的可爱和伟大之处，比媚俗和现炒现卖有价值得多。

实用性和历史价值显然是两个不同的范畴，各有各的优势。只想说一说细节和语言的重点和角度。我比较欣赏司汤达和巴尔扎克的白描式的叙事风格，尽管两人也不完全一样。这可能与一个人的性格有关。比如我，更愿意思考辩论一些问题，不能自觉地去细致地观察一些问题。这对于一名写作者来讲，是致命的。我对自己这方面天生的缺陷早有认识，所以曾想自己可能天生就不是一块写作的材料。特别是看了现当代文学中一些名作家（如陕西的柳青、路遥）对细节的把握，自叹弗如，努力也不一定达到，因为这是一个作家的天生敏感。举一个例子，我们基层原来有一个写小说的同事，调到一起工作后，一次单位搞联欢，为了让出舞台，我将椅子向窗户处挪了挪，那位兄长怨我没招呼他一起挪，当时我很惊讶，因为我丝毫不觉。他是一个多么敏感的人，对这一点点的尴尬都能体会得到。他的小说在细节描写上就很到位。细想想，他是后调进机关的，处处怕人冷落他，这种心理再正常不过，何况他又是一个敏感的人呢。放在性格粗犷一些的人身上，对于这种几乎可以忽略不计的小尴尬可能也体会得到，但不一定在意。他这种平时生活中的本性敏感，也就是创作细节的优势。我则不然。那么我就无可救药了吗？我苦恼过。现在不了，我知道我为什么一直喜欢巴尔扎克的作品，因为与自己的性格、风格相似，文如其人嘛！现在看到司汤达，更坚定了我的信心。扬长避短，写作就是一盘豆芽菜的炒法。就像女人穿衣，适合自己就是最好的。用司汤达的精彩反驳结束：如果一个人在街上遇见自己的妻子和情敌在一起，你还让他冷静地去观察情敌穿的什么服饰，扎的什么领带，这现实吗？

五

今天是2013年小满。我这位农耕、笔耕并进的耕者，对于节气是敏感的。终于小满，鸟来全了。很多人都知道的农谚，我却赋予崭新的内涵：长篇的最后几章基本补齐了，两万字的缩写版也用邮箱发往中国金融作协了，可谓“小满”了，我也松了一口气。上周六、日陆续来了两拨客人，其中一拨是市里的文侠们，作协主席也来了，算作给庄园开园剪彩。短暂休整后，新的入园农耕即将开始，栽秧、锄地、浇水、施肥，将在夏季里填充我生活的空闲，间或有感，可能会继续以不同的写作方式记录生活，古诗、新诗、日记等等，自己创作的有意义的美好生活还将继续。

我想说说关于松一口气的问题。写作不能松气，松了气那种感觉就一时找不回来了。要坚定信念，一气呵成。其实到2013年3月31日那个礼拜天，快写到结束了，就差结尾那么三章（后来改作两章）。这第二阶段的两个月时间，每天两三千字，多时五千字，几乎一天未间断，一气呵成。自信心总体上是坚定的。结束的三章，自信心不足了，想回过头来重新审视一遍，对结尾再做定夺。随即进入紧张的修改之中。自己改了一遍，读大三的女儿五一放假也帮助对文字斟酌了大部分，可是当重新想结尾的时候，感觉一时找不回来。最要命的是对叙述风格和小说中人物的疏离，原来这些人物都在与你战斗，战斗正酣的时刻，突然指挥官停止了，大家也都停下来休息，一个半月之后，再想组织起来重新战斗的时候，原来以为人物们会停在原地休息，等待指挥官一声令下，又接着继续战斗，可实际是，人物一时不知道跑到哪里去了，秩序有些乱，甚至陌生、茫然。这是始料不及的。加之每天太多的杂事，工作和农耕的纠缠，都造成了影响。在寻找的过程中，我有些担心，就像丢失了最宝贵的感觉，有种指挥官突然被人物背叛的感觉。我一遍一遍地重新熟悉，一遍一遍地检索简要的几页不同创作时期的提示性提纲，最后利用几天的时间，采取删繁就简的办法，总算找回来一些感觉和自信，急忙坐下来写结尾。尽管完成了，故事的走向也如同原来计划的一样，可是我清楚，这里面的细节，尤其是语言、插入角度，都发生了不小的变化。如果当时再用三天时间，坚持将最后三章写完，一定是另外一个样子。

我意识到了一脉相承、一气呵成、一鼓作气的重要性。就像人生，精彩的东西一定是咬牙坚持到底的结果。

写完了，可能还要进一步修改，那是后话。不过晚间几个文友坐下来喝酒，我却长长地出了一口气，说道：现实主义的东西真是不好写，还是创作理想主义的东西吧，想怎么写就怎么写。也许我们受的禁锢太多，其实，现实生活远比小说要精彩、惨烈。有什么办法呢？作家不是生活在真空里，有时候也不能太过自我、任性和放肆，还是要留一些颜面为好。毕竟，我们心中的日月，是光明的。

知政失者在草野，知屋漏者在宇下。体验农耕生活，真好。这也正应了毛主席延安文艺座谈会上的讲话：有出息的文学家艺术家，就是要深入到群众中去，深入到火热的一线生活中去，观察、体验、研究、分析，然后再进入创作过程。引此讲话，也算是对即将到来的“5·23”的纪念吧。

六

小说整整搁置了一年半的时间，就像乐耕园坛子里酿造的李子酒，我想好好沉淀一下。从 2014 年 12 月开始第三稿的修改，半个月时间，上部结束了。下部刚开始，又碰到了一些问题。查看一些资料，如龙冬先生、贾平凹先生的创作谈，《静静的顿河》有关章节（第 4 部第 21 章），创作和修改《李子红了》隐隐约约感到的问题，今晨有以下几点基本成熟的感悟。一是《李子红了》写得过于平实了，记录还原了真实的生活，艺术再创造不够。事件、对话、细节、人物没有“邪乎”起来，小说没有“大说”。具体说就是太实了，该骂的没骂，该挑破的没挑破，该有的人心复杂没有表现到位，可能说了、点了，但没激烈地通过行为、语言表达出来。有些细节要超出生活，艺术的真实与生活的真实不是一回事儿。生活中可能这句话、这件事不能说、不能做，可是小说可以说、可以做，矛盾集中表现嘛，这样才有可读性。平平塌塌，看困了，腻歪了。二是很多章节显得拖沓。必要的细节应该放大，但不能没完没了。抓住主线，辅线弹出去，要马上弹回来，跌宕起伏的情节设置才能吸引人。三是语言风格没有形成，即统一性、一贯性。语言不能简单说要短句子，而要把握节奏，与呼吸一样流淌，需长则长，需短则短，更重要的是自说自话，不要做作，生活中怎么说就怎么说，随便一点，放松一点。这一点叶圣陶、汪曾祺、龙冬、贾平凹以及《静静的顿河》都给了我启示。四是细节，不能纠缠，要有大思路、大气魄，放到时代的大背景中去，总在小事上絮絮叨叨是没有出息的。五是章节篇幅不是说非得一样要多少多少字，根据故事发展需要，章节可长可短，不强求一律。

七

最近一周正对下部进行修改，总体还算顺利，预计年末前能改完。今早四点起来，重新看看第一部的章节，享受一下修改后的成果。出事了，仅卖李子一章，又密密麻麻修改了很多，两个小时只向前推进了四页。睡个回笼觉起床，给妻子看，对妻子说文章真是改出来的，原来以为差不多了呢，个别词句纠正一下即可，现在看很多话还不顺畅，不准确，啰唆。不像编的故事，有些细节你不知道，我们自己亲身经历的生活，细节再写不生动，写不准确，那就是不负责任了。这样一想，原来打算尽快修改出来付梓，现在不用急了，慢慢改吧，说不上多少遍呢。因为我现在认为，丰厚的生活基础在心里，越改一定会越好，越简练，越生动，越改越能经受住历史的考验。感谢修改。我和妻子还提到了莫言，莫言的文笔特点是犀利、生动、到位，一句不行，两句也不行，那就三句、四句，一个问题坚决刻画到底，扎一针不行，扎两针不行，非得扎三针、四针，连续扎，使人有感觉，有感觉了就叫绝起来。因为读者多数想到了一，少数想到了二，至于三和四，别说想不到，也懒得想。作家替你做到了，大餐一盘一盘地端上来，读者赏心悦目，惊叹不已，把每一个读者都培养成了吃着碗里、望着锅里的“吃货”啦。对不起，这种火候之下，小说成功啦！

八

经中国金融作协推荐，《金融时报》2014 年 12 月 26 日给我发了个文学专访——《以感恩的心态书写文学人生》，我第一次在全国性的报纸上，介绍了九十年代初，自己作为唯一“农村特殊写作人才”，被所在县政府破格录用，农转非，进城工作，后来考入农村金融部门，始终怀有一颗感恩之心对待工作、社会和文学的心路历程。金融作家微信群里的同志和周围的朋友知道了，祝贺声不断，闹得沸沸扬扬的。这个专访，提供资料有半年了，我早平静了，也不知道能否刊发。没想到临近年末，像冬日里的一声惊雷，还是炸响了。没见过这么大的场面，我还是被吓住了，有点紧张，有些受宠若惊。回复完大家的祝贺，我又紧张地进入了《李子红了》的修改之中。让我没想到的是，更紧张的还在后面等着我。上午，我贪晌将上部的修改稿打印回家，检验成果地浏览了一遍，特别是重点修改的卖李子一节（总体修改三遍，这节四遍了），从未有过的顺畅，看得自己很舒服，一个月来第三遍修改带来的沮丧跑得无影无踪，自信找回来了，躯体充盈得满满的。我点燃一支烟(平时我是不怎么吸烟的)，在方厅里来回走起来。窗外飘着清雪，阳光被笼罩着，温和地洒进房间。这时我很激动，也很紧张。原来努力是有效果的，修改与不修改不一样，越修改越好了，超乎自己的预期，语言、细节、神态，无不简练而更加鲜活起来。这时，我的眼前，在远处的楼房和雪地之间，涌现了一个带皮的木头立在那里被我反复修砍的场景，一遍一遍，最后带皮的木头变成了方正光滑的木方，鲜亮照人啦！

我想跟妻子说说这样的感觉，也增加一下她的自信。妻子是我早年在老家县城艺校创作班的同学，天生聪慧，诗写得好，也跟着感觉走，妻子一家都是金融系统的职工，她凭着这样的身份，以身相许了当年还是农村户口的我。这些年，她虽然不怎么写了，可是对我的写作一直关注着。一个电话打过去，没接通。午睡醒来，我坐在床头，美滋滋的，可还是有些紧张。这是我多年的习惯。由于出身底层的原因吧，即使有了什么好事、喜事，也不敢轻率地造次张狂，而是谨慎地对待，恐怕还有什么遗漏。只有确准有了大好事上门，如进城、上班、娶妻、分房、提干，我才会真正地产生美滋滋的感觉，可也是悄悄的，时间不会太长。如同此刻，小说有了自信，对一个月不停地努力修改有了交代，对于孜孜以求的写作者而言，当前还有什么比这更大的喜事呢？可我还是只暗自高兴了一下，就又开始了新的征程。不论如何，小说、专访，一切的一切，2014，我这十年磨一剑之年，完美地收官了，不，堪称圆满了。

九

春夏秋耕种我的乐耕园，享受田野生活的乐趣。冬天猫在楼里修改《李子红了》，同样享受着异曲同工的耕耘之乐。一个多月，终于完成了三稿的修改。今天贪晚到单位，把稿子（下部）打印出来，铺展在茶几之上，感到无比的幸福。两个耕耘，这就是我的业余生活。

十

当我补记最后这一部分创作笔记的时候，猛然感到时光飞逝，转眼

2015年上半年即将过去了。尤其距3月末小说传给出版社，已两月余。这期间，也许是一下子轻松了，也许是上班、耕园，为《中国金融文学》编辑稿件、搞作家专访，以及筹备黑龙江省金融作协的一些杂事，纷纷叠叠的，太忙碌充实了，我并不焦急，耐心地等待着小说的命运。但昨天是一个值得纪念的日子，出版社寄来了合同，正式签约了！据编辑部主任讲，小说复审顺利结束，已经进入终审阶段。我隐隐感到，曙光就在前头。这促使我马上要考虑这篇尚未完成的创作笔记。翻出旧稿，与妻子连同从泰国普吉岛担任汉语教师志愿者一年，又在北京学习两个月雅思回来的女儿一起读上几段，她们一致评价这个创作笔记有价值。尽管可能掺杂鼓励的成分，可我仍扬扬自得，也激发了补记的冲动和动力。

打开日记本（我从初中至今几十年，养成了坚持写日记的习惯），寻找小说完成后，一直萦绕脑海的关于“自我革命”这个话题的蛛丝马迹。为什么称为“自我革命”呢？原因是：2014年年末的时候，小说辛辛苦苦改到第三稿，以为一切结束了，情节的起承转合，人物的出场收场，语言叙述风格的一脉相承……总之，我认为这是一部完整的小说了，能拿出手了，只待喝庆功酒了。不记得是谁说过，“小说是遗憾的艺术”。沾沾自喜之后，每一次早晨起来，重读小说，打量自己的“孩子”，翻看各个时期随手列下的写作提纲，以及在脑海里检索六年深入庄园生活所存储的生活场景和思考，仍然能感觉到还有很多精彩的东西没有反映出来。生活赋予我们的太多了！在乐耕园生活劳作六年时光的感受，经常像沸腾的富矿一样在我心中翻腾，我有时很紧张，感到有义务和责任给创作的“金银财宝”找到一个喷薄闪光的出口。这时，但凡想起那些闭门造车之人，心中就会产生嗤之以鼻之感。我清楚，写作犹如人生，留下遗憾是一定的，我们不可能把点点滴滴都把握得那样好。不过，遗憾有大小之别。如果说前三稿的修改是沿着既定的框架勾勾补补，通渠引水式的，那么这一次，可谓大动干戈，我像手舞大刀的英雄，勇敢地否定自己，换多种视角，进一步整章断句，度人定性，在大胆的打破中，重整、删节和补充……事先没有一点思想准备，漫长的修改又开始了，像老牛反刍一般，从第一个字开始，一点一点咀嚼，除去新春返乡过年，我都沉浸其间，不能自拔，接近一个月的时间，又修改了一遍。大年初七的夜晚，我从单位出来，手里拿着滚烫的小说样稿，外面飘着清雪，路灯闪烁，人少车稀，年味浓郁，我长长呼吸了一口节日的雪夜那微寒而清新的空气，感到一切是那样的美好。看着幸福的万家灯火，不由想念在泰国普吉岛当志愿者的女儿。这是女儿第一次独自过春节，并且在异国他乡。女儿考取汉语教师志愿者这一年，我作为兼任单位团委书记期间，因坚持十四年组织青年学雷锋，获得团中央和中国青年志愿者协会 2012 年第九届“中国青年志愿者优秀个人奖”——这个中国志愿者最高荣誉的获得者，学雷锋志愿服务精神能在女儿身上得到传承，我常暗自感到欣慰和高兴，也成为我与腰疾抗争，坚持修改小说的动力。我在回家的路上给女儿发微信。互联网时代真好！问候女儿一切安好之后，就将小说成功改到四稿的喜悦心情告诉她。那一刻我感到，她是我这个世上最应该第一个告诉的人！不仅仅因为她身上流动着我的血脉。女儿回信说：“一个作家纯粹而宁静的精神世界的灵性和情操，需要家庭的温暖和妻子的菜肴，使得它得以存在和延续。”女儿温馨的肯定，尤其对母亲婉转的眷顾，使我感到这个世界上，一切都在悄悄成长。独自守在家里的妻子看了女儿的微信，二话没说，马上笑盈盈地去厨房为我煮“人七”长寿面了。那一刻，我感到辛苦的劳动得到了家人的关怀和认可，那种幸福，无以言表。

四稿改完，增加了许多章节，比如捕老鼠、包黏豆包、李园七夕诗会……小说愈来愈丰满了。一切都结束了，可一切还没有结束。作家龙冬的那句话不止千遍地涌上心头：小说不改个五遍十遍的慎拿出手！那么，我是一个辛勤耕耘的“农民”，优势就是不知疲倦地劳作，饱含深情地为乡愁和农民兄弟书写。我是农民出身，我的父母、兄弟现在依然生活在农村或奔波打工的路上。我不仅有感情热情同情，以及发自内心的怜悯，我更有重返农耕六年之久的生活。生活是创作的唯一源泉。这话现在又得到了不容分辩的佐证。天道酬勤，正当我进入第五稿修改的时候，一部以农民为题材，千呼万唤始出来的电视剧隆重播出了。《平凡的世界》，这部我翻烂了的案头书，终于搬上了屏幕。受我影响的妻子，与我一同一集不丢地看着，咀嚼着，评论着，也激励着我暗暗用力，又开始了新的征程。我又将自己扔到火炉里，又是一个月的淬火锤炼，3 月 30 日，第五稿终于结束了，定稿了，我也彻底沸腾了！翻看那一天的日记，我写道：我甚至想《李子红了》可以写成《李园春秋》，四五十万字，就写人物命运，生活场景细细刻画，大时代的东西渗透一下即可。完稿后产生这样的想法，足可说明一名写作者深入生活后，心中对农民命运和农耕乡愁生活有说不尽的故事和情结。

这边交稿了，那边我的立事牙终于扛不住了，有生以来第一次骤肿起来，只好交完稿就去医院点滴。躺在白色的病床上，《平凡的世界》

里面的台词依然回荡在我的耳畔：作家的劳动绝不仅是为了取悦时代，而更重要的是给历史的一个深厚的交代……

2013 年 2 月至 2015 年 6 月

第二辑

黎序集

浅夏，岁月如烟

李园经营了三年，花开了三载，也谢了三度春秋。第一次专程来李园赏花拍照。因几姐妹的一次小聚，便有了这次拈花惹草的惊诧感动。眼前的李园，艳阳伴照，李花绚烂缤纷，已是“桃花流水堪然去，别有天地非人间”的景色了。

既耕小园三载有余，每每草木绕屋，春暖花开之时，观园玩乐，赋诗作画的文人墨客络绎不绝。小园喧嚣热闹，增色增辉。无人不叹：“欢然酌春酒，摘我园中蔬。微雨从东来，好风与之俱……不乐复何如?”陶渊明笔下的佳境，唯我有也。又因大作家阿成光临泼墨，“乐耕园”更是声名鹊起。

这份热闹温热如昨，我独独冷落了这昨春的李花杏花。淡淡清雅，怡然而贵气。静好如画，我羞愧于此情此景，三年啊，真能错过这花开的声音，吐蕊的清香，我真的“羞面如桃花”。

眼前的李园，花儿色洁如雪，蕊艳简静，怜惜犹如晨起时弥漫窗前春阳，如是浓，如是醉眼帘。团团簇簇，像牧羊女鞭梢上的羊群。妖娆着绽放，含羞弱语。激动的我踩着高跟鞋踏遍李园，从一棵树扑向另一棵树，放肆地拈花欣赏，慢语浅言，花袭我，我戏花。心儿如美女们的裙裾飘飘，扰得凋花拂面而来，一片一片，一朵一朵，像雪像云，缱绻低回，转身即逝，似怨这迟迟的眷顾，是谁带走一树花的记忆？

不可想象，这般亲近怜惜眼前仙境，还是头一回。每次来李园不是易衣而作，便是为朋友聚会的推杯换盏而忙里忙外，见景不惊。望着满园遥知不是雪，千树万树李花开，怡然心动，失之交臂的不仅是这芳菲无边，还有心底那一抹眷恋。谁会帮你把错过找回？云卷云舒，飘不散的是那浅浅不去的忧伤。

这番场景，情不自禁想起家乡那些梅花。

我钟情家乡的梅，不仅仅因为是梅明艳妖娆，风情摇曳，更是心的使然。小时候家境贫寒，改变命运，你需加倍努力，如梅一般傲雪怒放，不错过每一个春天，不放弃展示轻灵明艳，芬芳弥漫。像日记中的一缕清新伴着炊烟袅袅，晚照如霞，一个小小的花季孕育而生。

工作后，频于奔波忙碌，念家的情愫日渐凝重。怀女儿两个月时，爱人陪我和好友梅回家乡赏梅，乡思一解。家乡门前有一条通往北京的铁路，两旁尽是梅花，每年的五月是赏梅的最好时候。人们带着孩童赏花戏花，采野菜，放风筝，像过年一样开心。当时梅说，姐，愿我们的情意像梅花，年年吐芳艳，岁岁有春天。

梅是我的伴娘，人如李花展颜，灵动天成。无拘无束的笑声总是感染你心花怒放。姐妹情深留下岁月成长的丝丝缕缕。不想一别数年，在水一方，你若安好，我便快乐。

浅夏如烟，窈袅萦怀，岁月和情感留不住五月的芬芳，相逢绽放不会因此留步。

花感人怀，听懂我的感伤。一片一片洁白的花瓣，如烟似雪飘落，淡淡的暗香沁入心扉，我的心随它而飘逸，静静地守望这凋零的美丽；任思绪放逐在花落静无声的时刻，默默期待一份心灵相约，在下一个花季。

看着姐妹们像蝶儿蜂儿飘舞花间镜头前，让时间和空间留住她们的美丽，留住花儿们的芬芳，同样也留住错过的风景。“去年今日此门中，人面桃花相映红。”明年的李林依然蝶影飘飘，花香荡漾。

乐耕园一荣一枯演绎多少故事，可我惜墨如金，从未写下只言片语。今日墨香生花，在时空和情感的流痕里，真情实感，吾爱吾庐，吾爱吾花。

不多日李园繁花已尽，点点残蕊依偎着枝柯一片茫然，一场渲染的华丽，若雾铺开。花谢的痛，短暂的无奈，顾盼蓝天白云，鸟语草香只一瞥，太匆匆。我只能拈一瓣落英暖在指尖，香在心间。艳照如仙却留不住一园绚烂和我心中的不舍。

香魂飘飘，人如花绽放。岁月就像花树，一夜春风，摇枝如霞，不日花泥如雪，生命又翻过一页绽放。宛若烟尘，流于指尖心间，演绎浅夏的多情无边。

2013 年 5 月

又是香杏初落时

春意不掩门，一夜杏花雨。花朵与青露就这样相遇于阶前。一帧素芷青莲，淡香涤心，撩人醉人，漫过我的庄园。一次生命的瓜熟蒂落，从美丽开始一展芳颜。我期待杏满枝头的时光。

桃养人，杏伤人，李子树下抬走人……从小就知道杏似乎不是什么善物，品吃水果也从来没主动买过杏，总觉得那味道会像那故事让人敬而远之。自从那棵黄杏树成了庄园的魁美之神，我审视杏的维度日渐臻美起来。

黄杏树冠粗壮挺拔，繁茂如华盖，像男人的臂膀，风雨中更显飒爽英姿！时值旺果期，硕大如桃的黄杏金灿灿，像极了一颗颗小灯笼挂在树上，让你既爱又馋，又欢喜又羡慕。每年七月，黄杏按捺不住炫耀，随一阵微风悄悄滑落，那一声浅浅媚笑，那一抹妖姿，足以使乐耕园的七月热闹起来。

每当黄杏初落时，女儿仙女一般从紧张的课桌上飞临庄园，小手捧着，小脸笑开了花。每年陪女儿摘杏都是最快乐的。三个人互相指挥，偶尔失手掉地摔坏，就会相互埋怨，对高处够不着的就都出主意，争着用自己的办法，谁的办法好用就得意扬扬，一副很聪明智慧的样子。

杏摘下来就惦记让大家品尝，你一兜他一兜，送去的像是金元宝，送的人快乐，吃的人更开心。送人玫瑰手留余香，可能便是这般感受吧。

黄杏果期短，最长持续半月，每年七月就好像牛郎织女相会，短暂而甜蜜。三年里，我们陪女儿就裹在这蜜里，把那时光裹成一颗大黄杏，甜润香醇，入骨凝髓。

记得第一年杏熟的情景，推开白色栅栏门，一地黄杏，惊得我手足无措，顾着捡在手上，怜在心里。女儿从树上摘下一个大杏，一掰两半，递给我和她爸爸：你们辛苦了！弱笋一样的小手，托着两半黄杏，像托着两半太阳，轻轻的，暖暖的……这一幕，好感动，好熟悉，好亲切，那一瞬，我想起了妈妈。

奶奶一直和我们生活，家境不济，都是二姑三姑她们给奶奶从城里带水果，很少买杏。一次三姑给奶奶买了杏，奶奶就分给我们每人一个，包括爸妈，尝尝鲜。妈妈却把杏掰两半递到奶奶嘴边，就像这样托着两半太阳……妈妈一生恭谦淑德，从来都是家里好东西吃得最少的一个，这也可能是奶奶选择三个儿子中，孩子最多、条件最差的我们家养老的原因吧。孔融让梨、蔡顺异器的故事，妈妈点点滴滴已教我们做了，慢慢润泽我们的家风。如今天堂里的妈妈，您还好吗？树尖上那个大黄杏就是奶奶给您的那个，您尝尝，好甜好甜……

回眸往事，多少遗憾擦肩而过。

女儿留学英国，黄杏树雄姿凋寂，日渐枯萎。是耐不了酷寒、虫害，还是思念女儿寂寞而殇呢？无人知晓。

第二年春天，黄杏树旁边又栽了新杏树。

老树离殇，阡陌叹息。一夜香杏初落，还是那场红尘邂逅，已经不是我们原有的风景了。左邻右舍送来的黄杏，也不再是那般甜润香醇。

时间流逝，物是人非，摘杏的人，去摘象牙塔里的璀璨了；吃杏的人，有的客居江南，有的已暮黄泉，有的远隔岁月，三年五载不复相见，有的擦肩而过，却忘了与香杏的初见。可我的庄园依然郁郁葱葱，那些关于杏的故事依然令人怀念。燃烧的七月依然如期而至，风姿纤尘不染……

一日清晨，老公诡异地悄悄说，红杏出墙啦！邻居家的杏树枝被风刮得垂到咱家园子，满树都是大黄杏……我的心一下从坡上滚下来，看着窗外，自言自语，虽是红杏出墙，不碍清茶邀朋，共享繁华锦绣。

香杏初落，久违的这份相逢让我们的心里兴奋又感慨，熟悉又陌生。多少人错过还会相见，多少事错过就是永远。

入夏的风，飘逸不衰，时若蜻蜓之舞，轻起微澜，却无扰青荷向上之高洁。又好像人生际遇，与我相干，又与我无关。香杏初落，一次次，一年年，每一次都演绎着热烈与惊艳，默默的对白，在清浅的月辉下，各自收藏，杏来杏往，庄园的繁华锦簇有它浓墨重彩的一笔……

2016 年 7 月

你配合，一照相就捂脸。我看着听着，心里一会儿酸一会儿甜，早就忘了我这糟糠之妻被忽略的感受了。

猫猫特别淘气，一次为了证明它的速度和高度，嗖地蹿上大杏树，没发挥好，一下子从树上摔下来，四脚朝天，滚了一地青果，爱人把它关在门外罚它。这让我想起女儿三年级时捡的那只猫猫。朋友送的一箱榛子特别好吃。一天回家，发现猫猫在里边撒了泡尿，大半箱榛子糟蹋了，吓唬它罚它，把它关在门外。开始时它边叫边挠门，慢慢地就没动静了，等开门看时，猫猫不见了，我吓坏了，到处都找不到。女儿知道后哭着说，一箱榛子能值一条命啊！说完冲出家门四处寻找猫猫，天黑了也不肯回家……一连数日，女儿不理我，趴在书桌偷偷哭泣，我追悔莫及，伤害了女儿金子般的心。

这一次我悄悄把门开开，猫猫便猫着小腰溜进来，这也许是弥补对那只猫猫的亏欠。

猫猫给了我们太多的快乐和幸福，欢笑声回荡在李园，祥和淹没了一片劳作的疲惫，还有想女儿的愁上眉梢。

那一刻，我不知道没有猫猫陪伴的日子会怎样。

也许，年过半百的时光需要的只是一份陪伴吧。女儿留学英国，异国风情的惊喜也难以消遣这份孤单，猫猫的陪伴使这日子欢快起来，有了味道和色彩。

我终于明白那些孤独的人养猫猫狗狗的用意了。孤单是最残酷的伤害。那些孤寡老人，那些空巢老人，那些流浪儿童，那些留守儿童，那些失去亲人的人们，都需要一份沟通和陪伴。仅仅眼里嘴里的一点点渴望而已，千百年来世世代代朝夕相处的陪伴，此刻显得多么苍白，多么奢侈！

感谢猫猫的陪伴所凝聚的纯真和美好！

秋叶承载着万般伤痛和无奈，宣告秋天已走进我们的生活。金黄色的衰容，连接不远处冬天的脚步。

冬天来了，猫猫的猫冬成了重要问题。庄园冬天闭园，猫猫不能留在庄园，猫食和水会冻，又不方便带上楼里，否定几个方案后，选择寄养。

找了好多家都不放心把猫猫留下，最后寄养在路北一个老乡庄园。大爷大娘很喜欢猫猫，猫猫也表现出喜欢新家的样子，刚来就跑到炕头赖着。大爷大娘乐呵呵说，这猫爱干净，通人性，这个冬天有猫猫陪伴不寂寞喽！

猫猫安顿好，春耕夏种秋收冬畜就华丽转身了，就等着享受雪花开满手臂的美好时光了。

一夜凉飕飕的阴风，整个庄园区一片悲凉和忙乱，打破了冬天的安静和纯粹。猫猫不见了，食碗里的鱼还在，水没喝，猫猫去哪了？三天，三十天过去了，猫猫把我的生活撞了个洞，跑出去玩了，再也没回来，我突然觉得这个冬天好寒冷……

第二年的春天倦怠了许多，夏天的热情也不那么鲜艳了。而我的庄园依然沉浸在新朋老友把酒豪歌的海洋，可每每就是觉得少点什么。我也自觉不自觉来得少些。我也暗自安慰，猫猫也许就在某个家里，温馨地陪伴主人看电视呢，或在某处攀树玩耍呢……

我家楼下小区开满丁香花和不知名的白花。

白花开得茂密芳香，一朵朵，挨着挤着，成团成簇，开得放肆任性。让我想起爱情，快乐地燃烧，自由自在，无拘无束！我有种想谈一场恋爱的冲动。一片花瓣落在我脚下，我附身拾在手上，一声猫猫的咪咪，惊得我一哆嗦，那个熟悉暧昧的声音！

在白花树深处有一空地，一美女正给一群猫猫送食，我的眼睛矫情地眨个不停，一只两只三只，四五六七……白的，黑的，棕的，花的……我的眼睛矫情得有点湿，腿也软软地蹲下，猫猫，我的猫猫在这儿！在这儿！我情不自禁地絮叨着，多久都不知道了。

那个美女叫荷花，是我家前楼的。每天开着奥迪车来喂猫，风雨无阻，至今五年有余，每天都陪猫猫吃饭，从不间断，成了这小区一道亮丽的风景。我嘲笑自己，从来没有像现在这样，猫猫和风景近在咫尺，我泪流满面。有美女陪伴我的猫猫，想念猫猫的痛随着奔涌的泪水而释然。

我和我的猫猫是幸福的，陪伴好美好！荷花是天使，是用爱的方式传递爱的天使！小小的白花树下，是她把大爱燃烧，火光和炙热缭绕在我们心里，从小小的角落一直延伸到远方。

愿天下需要陪伴的你都享受这份美好。愿我的女儿在大洋彼岸，也有一份陪伴，如猫猫和白花。

2016 年 7 月

怀念桃花

从小生在北方，看惯了四季替染，青葱流连，花团锦簇，短暂于呼吸赞叹间。似乎只有那酣畅的冰雪，寒冷无边。无缘邂逅摇曳婀娜，如云似雪，娇羞艳冶，能撩动人心的柔软的桃花。

传说，一位安神仙，某日饮醉，遗墨于石上，石上便长出绚烂桃花。这传说，引得我遐思飘荡无疆。我因此迷爱桃花简静不妖，轻灵而温婉，缠绵古今，伴随多少人生兴衰，爱恨迭替……

更多时候，也渴望桃花运不期而至。又激动又羞怯，悄悄滋长成一个人的秘密。在心里甜到痛的味道，这或许是大多数心有所悦者的英雄所见吧。

与其等待寒石长出桃花来，索性自己种一棵桃花。有了梧桐树，方引凤凰来。于是一盆水蜜黄桃养在我的窗台。沐浴的礼遇像骄傲的公主，像宠物，更柔软得像思念。栖在眉梢，划过心底，绊于脚尖身后……或许更是一种象征，一个执念……

次年三月过半，那株桃花已弱风拂柳般悄然绽放。起初，含苞的骨朵在一枝上半开芳唇，殷红粉润，几分缥缈，几分挑逗，几分娇羞。然后它三枝，几枝，次第着半遮羞面，浅笑低眉，携春风登堂入室。我猝不及防时已是人面桃花相映红了。春天仿佛提前来了。仿佛几十年前春天里的事，就在低眉投足间。

她一袭粉蓝色风衣闯入我的世界，使桃花盛开的三月便温暖许多。晓辉是我们班插班生，是那种学习好人又漂亮的女生。后来得知她是我家邻居梁叔家亲戚，无奈药泉山的教学质量不行，来我们学校借读。我们很投缘，一见如故，似前世姐妹余情未了，很快成了死党闺蜜。一起上学一起回家一起吃饭，一起嬉闹一起写诗浪漫，一起流连于那段美好青涩的时光。后来不知怎么她退学了，听来的原因是父亲突然病故，一家人的天塌了，母亲懦弱，没能力供她上学了，只好回家嫁人……她没有与我告别，只留一封素笺："岁月静好，有你很温暖！"只言片语单薄地凝在淡粉色信纸上，空旷而肃冷，像极我的心情。落款是一朵粉色桃花，一颗晶莹的露珠紧紧地裹在花瓣里。

我茫然地捏着那页纸，在操场上坐了整整一个下午，昔日嬉闹开心的情景一幕幕戳得心痛。一帮男生用英语给漂亮的实习老师写情书，体育课装肚子疼偷偷溜进图书馆看爱情小说，给哲学老师画漫画……我不敢想下去，不敢回教室，不敢面对空空课桌，心里一遍一遍说，哪怕是再说一句，即便没有理由，或者随便一个理由，我不能接受这样的离别，桃花盛开的季节，我寒彻心扉。

桃花，那一刻融入我的生命里。

中学时光的繁华落尽，紧张快乐，无奈困惑的日子也只是不可触碰的远方了。比如桃花信，被思念一遍一遍揉搓，在日月星光中流连穿越，也随着时代赋予新的内涵和情感而封印在记忆深处。

《妈妈的手指》那首小诗发表，收到好多封读者来信。鼓励，赞赏，敬佩，崇拜，倾慕，感动……还有求爱的。我体会到美妙，兴奋，伴随飘忽忽的沾沾自喜。我认真读每封来信，其中有一封很特别，淡粉色的纸笺落款是一朵粉色桃花，一颗晶莹的露珠紧紧地裹在花瓣里。我熟悉的桃花，我惦念的桃花，我心中的桃花。是晓辉的信。终于等到你了。我的泪，在那个暖暖的午后，和桃花一起绽放。点点咸涩，湿湿软软，流到心坎。

晓辉的信好长，说了太多的话。还是那个水一样的她。鼓励的话还是那么嫩嫩的柔情的温馨的，连批评指正的话都如隙沙款款的……娟秀舒朗的字痕，多了些风尘的冷傲，隐隐的沧桑，和岁月划痕在阳光下汩汩流淌……自那以后我每周都收到一朵桃花，花瓣写满温情和祝福。每次拿到信，同事何大哥都语重心长地说，看这样今天又要加班练算盘了。我知道何大哥的意思，也自觉下班晚走一小时，安安静静练算盘，学业务。来银行工作不是我的意愿。都说我屈才了，我也无意与命运抗争，做好眼前足矣。

何大哥是老干部家属，没什么文化，在单位做些后勤工作。他真诚敬业，工作出色，羡慕我有文化，会写文章，对我多加鼓励和引导。要珍惜机会，好好学习，文化就是资源和未来！他每每这样说时，脸上总是掠过一丝无奈和苍凉。我很感激何大哥，在我一度排斥银行工作的时光里，他帮助我，开导我。他常说，个人的喜好有时是无足轻重的，是无所谓的，父母的不易是最该挂在心上的。他教会了我很多，我知道了人生况味其实不是个性的、孤立的，而是爱的包容和凝聚。那段时光我过得很充实。

信越来越多，像太阳下飘着的雪花，温润着，绚烂着，开在脸上，融化在眼里。

朋友笑侃我谈恋爱了，说《妈妈的手指》是红娘，说我桃花运泛滥等等，我无语辩驳。其实他们不知道她是谁，年方几何，是魁伟潇洒，是裙裾飘飘……或许只有上天知道我们的前世今生，有时我是树下的小花，她是篷船旁的荷莲；有时我是天上的云絮，她是折伞上的雨花。如果可以，来世我们做一对爱侣，不离不弃。

应该说，我的文学之旅是脚踏桃花开始的。与晓辉重聚更激发了我对文学的执念，也慢慢融化对这份工作的挑剔。生活的意义本身是快乐从容的，如星光灿烂，鸟语花香。

可造物弄人，当年的阴霾再次淹没我的天空。又是一封无字信，落款依然是粉色桃花，一颗晶莹露珠紧紧裹在花瓣里，亦如当年那番景象。她又逃了，躲在红尘和目光背后，留一地凄茫羁绊我，我无力回到我的雨季。你的不言不语，是告诉我你的无助和苍白，是告诉我思念茫茫无涯，是告诉我你的不舍……

这是我收到的第五十六朵桃花，也是最后一朵桃花。花还好好地在那，似有花瓣袅袅颤动，香气湿了一张彩笺，我的泪滴从未如此沉重，痛了我自己，也殃及身边的一片阳光。我不舍得这份美好，我写了好多信，几乎每天都写。可我没收到一封回信，也没收到一封退信。日子在写信等信中，到了心到不了的地方，也给成为一名作家多了一个理由。

一季季青黄秋殇，我怀念那朵桃花依然如初。无论乐耕园里的桃花多么绚烂，崔护眼里的桃花多么柔情，都不似我心里的桃花。而窗台的桃花，每年都如期绽放，如期谢落，许多瞬间会让我想起桃花信。闲暇日午，一方茶盏，重温墨境，感慨万千。我每年都粘拾一些花瓣，小心地夹在一本空白日记本里，摆成花朵样，一片片栩栩如生，浅浅清香，像过往的些许情愫，静静地在那儿。又像一行行卷字，缠绵地诉说着什么。瑞雪肃冬，还不时拿出来摆弄，晒晒太阳。就像小时候攒糖纸，吃的每一块糖都把糖纸褶皱铺展得平平的，夹在一本书里，每天都打开看看、摸摸、数数、闻闻，那情形仿佛比吃糖还要甜蜜。或许那糖纸依然散发着糖的甜味，还有那个年代的味道。

许多年前，迁居新家，那些信笺遇水，字迹都洇成深浅不一的痕迹，桃花的香薰荡然无存。那颗晶莹的露珠紧紧裹在花瓣里，洇成一片海。我的寄托和安慰就像漂泊的木板，撞痛了向西，划疼了向东，没有方向……或许我已无缘再见桃花，或许我应该忘记，潜意识里我常常这样对自己说。

这份情感，一直压在心中，始终不能释怀。或如温婉戚薇，本也清纯无过，错只在这个繁华时光里淡漠太多，使得曼妙年华多了些苦涩滋味。时间就像一本书，一页页翻过喜悦也翻过凄婉。你的芳音，她的娇艳，都如朝阳日晚，缓而苦涩，缓而绵延……怀念一个人，纠结一件事，也不过而已。日半庭前，读书赏花，把盏弄茶，闲适惬意。了然地忽略，统统地移至远方，除了勇气、时间，还需要一点点情怀。

雪沙敲打窗棂，冬天的脚步紧了，酣酣入眠，醒来时，一个桃花妖娆的春就在你的枕边。

2016 年 12 月

一米阳光

雨淅淅沥沥下了一夜，果园里一片翠绿，纯净至极。天空没有云彩，是海面一样的蓝。风停在树叶背后，伺机而动。我撑着一把深蓝色雨伞，徜徉在果树间。跟在身后的爱人说，没雨打啥伞？我说就要感觉。其实自己也不知道是啥感觉，只是就想这样。就像小时候光着脚丫噼里啪啦踩在水里一样。脚下的地湿湿的，很踏实，没有一丝尘埃。我喜欢这么干净。不时有水滴从树叶滑落，错落砸在雨伞上，初雨来时的感觉，赫然醒目。爱人开始除草，说是雨后的沙土地特别松软，不费力气。我笑着来回走着，心里充满惬意。我拥有一片绿色家园，除却繁华，那是大自然以外的天地自然，是我的一米阳光。

农耕生活是千百年来沿袭下来的，质朴而纯粹。有了乐耕园，我却有了更深的认识。

我的日子，快乐，简单，浪漫，有趣，丰富，暧昧，琐碎，辛苦，也不缺席乏味。朋友相聚，推杯换盏，只是插曲和片段，余下的时光平静如水。多的是与树私语，和果实致谢，和花约定花期，叨扰露珠的秘密，对话知了的爱情。多的是土地知情知礼。一句诗的力量便能收获一束阳光。一滴汗水耕在土里，除了酸味咸味，还有玉米的糯香，香瓜的蜜香，黄瓜的清香，草莓的醇香，柿子、土豆、白菜的炖香。还有，多的是酷热，单调，乏味，劳累和禅意……

我的时光是赤橙黄绿青蓝紫。我的时光是酸甜苦辣咸。我的时光是我的花。日子快乐得像一条条彩色手帕，飘舞在风中，时而相遇鸟语花香，羞答答顾盼生姿。一天做着同样的事情，清晨趁着微凉除草，偶尔偷闲摘捧樱桃或桑葚品尝，总能品出不同滋味，一次一种感受。第二件事就是浇水，逢雨水薄年，浇水便勤了。然后摘我园中疏，烹我桌上肴，舌尖上的幸福最鲜嫩。日子不紧不慢，因为明天、后天做着同样的事情。很多人不会过我的生活，更不懂我的生活，也参不透美妙深埋的天地护佑。

林林总总都是悟想，是见与不见都在的美丽。

闲暇时，我最爱做的事是种花。好多的花，红色如血，粉色如肌，白色如雪，开得招摇的、羞涩的，冷傲的、娇嗔的，浓的、淡的，都有柔情。绽放的美丽像我的女儿，知性优雅，婀娜多姿，淡香脱俗。

春天移苗时，邻居奶奶说，花小不知道搬家。我被这话打动了。水嫩的苗苗，从这个泥窝窝挪到那个泥窝窝，小的矮的喝饱水精精神神，大的高的浸在水里，也萎靡着，垂着头，伤心欲绝的样子。

小花苗还没来得及记住家的模样、格局大小和温暖，就到了新家，新的气息和爱包容它，它快乐成长。而大花苗，生命长满感情，家的味道，家的温暖，家的好……萦绕心头。想念那片荷塘，想念梳着木梳背发型的玩伴，想念夕阳淡淡的粉色，想念每天帅大叔带来甜水……想到绝望。这也是我初来乐耕园的疑惑：都市的繁华远去，哪里是我的一米阳光？我心碎如花。

其实人生也一样，可能畏难正是幸福的开始。

日子一点一点地过着，我却懵懂着爱上乐耕园，沐浴这里的飞尘雨露，沉浸在绿色里，纯净如一米阳光。花香醉着，蝴蝶蜻蜓围着，还有苍蝇蚊子。每次打苍蝇蚊子都不会赶尽杀绝，只要和平共处便众生平等。爱人却笑我眼神不好，理由竟能如此靓丽。不然呢？众生无过。就像对待每株苗，无论花苗菜苗，能够自己顽强长大，为什么不能给它们一席之地展示和绽放呢？还有我的乐耕生活，土地会记着热爱它的人，回报无虚。

尊重，不是人类独有的格局，世间万物生灵生命的存在都需要尊重。一株苗，一颗种子，一朵花，一串果实，包括一滴水，一粒尘土，生命赋予它们价值和尊重。每每看到高贵的皮鞋踩伤一束小花或小草，就在心里呼吁，尊重它们的存在，尊重它们的时光，尊重它们的情感。它们就是我的一米阳光，我也是它们的一米阳光，至少在我心里，在我的乐耕园里……

我爱我的花是这样，我爱我的苗是这样。我爱我的生活，还有我付出的汗水和劳动。

每个人的选择是自我的，比如天空和飞翔，比如大海和澎湃，比如眼泪和微笑。

我的乐耕生活，就像我的花，芬芳馥郁，风情万种。就像一本书，记着快乐，也记着忧伤。几亩果园，方寸花海，满目诗章，有你的影子，也有她的笑脸。就像一米阳光，把每个日子绣成期待。

2017 年 7 月

种 玉 米

偶得一畦闲田，避于果树间，承恩叶隙阳光抚慰。久居喧嚣，高楼壁垒，砖堵砾淹，无缘泥土芳香。今得一隅净土，繁盛绿草杂花，葱葱盎然。我欣喜。

一个细雨霏霏的清晨，头戴草笠，脚着迷彩田鞋，身披一鹅黄雨披，手提一把尺长的小锄头，除闲草在侧，翻起平整，一会儿便修整长形高垄几条。一尺间距，锄一个碗口大小的苗眼，共计一百零八株。然后从口袋握一把种子，迷彩田鞋在垄沟走猫步，身体半屈，用拇指和食指捻出两粒玉米，掷于窝窝中，浅浅黄色粘于小坑间，像两粒金豆子，夺目怡人。点完种子，以左脚为支撑，抬起右脚，用田鞋的底部将小坑边的浮土推入小坑盖住种子，将脚底放平在小坑上轻轻踩踩，一畦黏玉米播种完毕。

雨晨播种，像景即画。美哉自然，也美哉我心。

小雨连绵几日，初晴的太阳如沐浴后的仙子，清纯妩媚，照在人的脸上身上，暖暖的，与眸光润润交融，笑意缓缓流向眉梢……

不日，高垄有了变化，被雨水打过的垄台塌出浅坑，中间有锥状尖尖钻出，牙签粗细，有的带点浅紫色，有的带点鹅黄色，有的则翠翠的，恰是一夜春笋势态。好神奇好欢喜，我的黏玉米出苗了。

一夜雨润，一番阳光抚育，三天除草，五日松土，躬耕期间，不经意已是株高齐人，婆娑翠影，伴软风低语，映晚霞余晖。常常与骄姿艳影入画入镜，绰约时光流淌，点染青葱年华。

期待像初夏的雨，一场紧似一场。八月的心情是彩色缤纷，郁郁浓浓。黏玉米熟了，长于巴掌，颗粒晶莹饱满，黄澄澄甜软润滑，空气飘的都是糯香甜味。

至此，一季收获，佳友品尝，把酒论桑，人人赞矣。

2014 年 12 月

这一天，我们一起摘桑葚

前任庄园主留下两棵桑葚树，华盖如荫，魁梧茂盛，是附近果区稀有的宝贝。

这天，老公说，桑葚黑了。我说，好，我们去摘桑葚。

简单整装就出发了。路走到一半，汽油不多了，准备加油。到了加油站发现谁也没带钱，只在车的整理箱中找到六十块钱，六十块的惊喜让我俩都很满足。

今年桑葚挂果好，大而饱满，一颗颗黑灿灿的。撩开枝叶，枝丫间挤得满满都是。我兴奋不已。我眼拙，总是摘不到很多，即使侥幸摘到，过于激动，果子也会调皮地滑掉。没办法，海涛就摘给我吃，一年一年我就习惯这种宠爱了。

今年也一样，我蹲在树下，仰着脸，手心朝上擎着，海涛摘一把放到我手里，我讨好地说句“哎呀真好”，便笑眯眯一颗一颗吃起来。海涛一边摘一边说，唉，这老了咋整，不得喂呀！然后又说，这铲地后面还跟个小兔子，还得喂桑葚！说着又递过来一把，我“啊”了一下，又接着吃。海涛说，这桑葚真好，干活累了饿了，吃一些，又解渴又解饿，饥饿年代这能救命的，二十四孝中“蔡顺异器”说的就是这桑葚……吃着，听着，我感受着甜蜜和故事的凄美。比起那多情的烛光，切好的牛排，热情的红酒，送到嘴边的简单更让我感动。这种简单和淳朴，是海涛独有的浪漫。

入主庄园八年，我们生活很开心，有时是两个农民，有时是一对爱侣，有时是两尊神仙，有时是一双顽童，有时又是各持所见的自我捍卫者……哎，点点滴滴，乐趣无处不在。

干活间歇时，海涛常常笑嘻嘻从上衣口袋掏出一样稀罕物，春天是草莓，初夏是樱桃、桑葚，中夏是香杏、香瓜、柿子，晚夏便是菇娘、早李子，而后还有黑黝黝的野果，等等，每次都是一人一半分享。我接在手里，都说一样的话，呀，真好！海涛就像大男孩般扬扬得意。我心里嘲笑自己，这个女人真好哄。我陪你长大，你陪我成长。很多周末，这样的快乐就像时光陪着我们从日出到日落。

桑葚吃累了，海涛说，你就在这儿待着，我去备土豆垄，这样土豆长得大，还没有青土豆。这些土豆够夏天来的客人吃了，冬天储存的种子也够了。

男人阳光下劳作，女人在树荫下乘凉，要多幸福有多幸福！

我是完美主义者，绝不容荒草放肆，把桑葚树荫下铲得干干净净，对海涛说，明天我在这拴张摇床，你铲地累了可以在这睡一觉，虫子爬不上来，凉风习习，思想飞扬，多好啊。古话说的，大树底下能乘凉嘛！要是做个好梦，有个艳遇啥的，想想都美！

亲近土地的日子，教会我们很多道理和感受。活多时我便建议雇工干，海涛说，把汗水洒给大地，比把钱丢到健身房划算多了。岁月硬是把海涛握笔的手磨砺出了坚强。这八年，海涛和他的庄园一起强大，还有他的情怀。

干活累了，我俩坐在树荫下休息，海涛举着被桑葚染黑的大手，自言自语，桑葚染指为谁黑？

接踵而至的收获把这个夏天挤得满满的。是啊，又一年，草莓红了，樱桃红了，桑葚也黑了，杏、香瓜、西瓜、玉米也快熟了。每到这个时候，心里便历数着，还有谁没吃到呢……分享是快乐的，陪伴是幸福的。

午休了，我要给海涛做饭了，吃啥呀，没带钱没买菜，巧妇难为无米之炊。海涛说，饿不着你，等着。一会儿黄瓜、土豆、青椒、生菜、小葱、香菜、笨鸡蛋，全来了。海涛笑嘻嘻说，自产自足，纯绿色，包你满意，有钱都买不到，这是农民待遇！就这片园子，咱俩一点儿收入没有，我都能养你挺好，信不信？

我信！这份纯粹，是多少人可望而不可即的。

我信！海涛踏实，从认识他那天开始，我就信他。海涛真诚，感情一旦付出就是一辈子，就像对待土地和人生。

有海涛陪着过周末，真好！

2016 年 7 月

芦花鸡眼里的绿

一季一疏，一青一伤。暮夏初秋，成熟的鹅黄渐显丰润而温情。春夏里熟透的绿，在北方已不多见。

隔壁果园秋播的蒲公英，却是绿意盎然，着实惹眼撩人。芦花公鸡终于为它六位爱妻觅到这片绿洲。欣喜在它们眼里跳跃，翅膀仿佛长出新的羽毛，连鸣叫声都充满风骚。

悄悄润化的驿动，也看在老公眼里。

有庄园以来，老公习惯闻鸡起舞。芦花鸡的报晓声，总能把老公的梦延伸到果园深处，日出而耕的身影给露重的清晨增添几分暖意。

今天起得很晚，昨夜的诗行占满他的床。已整装待发也没忘看看那群芦花鸡。

邻居的新种可别让它们扫荡喽。秋天种出弱苗，经过一秋一冬的交替，明年春天定是一片茂盛的蒲公英。作为农民枯春的日子，略有小进，着实让这个小家春暖花开，殷实丰富许多。

脚步随着心音来到果园深处。寂静的果园泛着早熟的果香，甜丝丝，撞着空气，发散着，氤氲着……

邻里关系有时很简单，有时也很复杂。你家鸡，她家鸭，一棵树，一垄田，古往今来，不乏其美好与心酸。

清朝的张英“让他三尺又何妨”的佳话是中华民族和睦谦让美德的见证。

我们虽不及古人胸襟，但我们示弱的姿态和行为，使这涓涓静好，款款流淌……

老公就是踏着这份心音，阻止芦花鸡们的疯狂。它们吞灭那片绿苗，俨然是分分钟的事。切不可因此伤了邻里和睦，毁了邻家明年一个春天的希望……

想了好多办法手段，加之呼喊，恫吓，丢土块，敲铁盆，终于唤回鸡们走失的灵魂。它们似乎不想忽略主人早添食晚加水的厚爱。此时也很无奈，被关进鸡栏，看上去很安静，眼里依然流动着渴望和期待。老公赏它们半个西瓜，粉润甜爽的红沙瓤，暂时淹没了它们眼里的绿。

这算是结局吗？是安慰鸡们，还是安慰自己？眉头的雨和心里的风知道。老公矫健的身姿穿过李园……

果园南端一块角落，除草时老公都留着。绿波起伏，星星样的小花点缀着，有的浮于草尖，有的掩藏叶隙下。不争翠微，不记云淡，静静地开着，或浓或淡，都是柔情……

也许这绿，是情结，是乡心，是心和目光够不到的伤，或是老公养着的一朵荷莲，盘于净土，静于寸隅，悟念于心。

绿洲依然茂盛地绿着，牵念着下一个春天的希望。其使命更凝重，更神圣。

太阳升起了，叶面的露珠，折射着阳光的精华和夜的嘱托，晶莹剔透。滑落的美在云翼间升腾。亦如老公的心情，静如帘水，潺潺而下。眉宇舒展，嘴角微微上翘漾着笑意。车轮稳稳行驶在上班的路上。相邻的绿，芦花鸡眼里的绿，老公心里的绿，都在路上……

2016 年 8 月

最美车前子

车库前有块空地，铺着花砖。春天和枯雨季，花砖方显格局和棱角分明的美。花孔里的泥土不重要了。

从嫩绿转成葱绿的初夏，丰沛的雨水，凡是有一撮泥土的缝隙，都会有种子长出。或是小草，或是野花，或是一棵菜苗……生命的色彩无处不在。花砖的花孔里长满车前子。熟悉的三片叶子，长椭圆形，叶脉从叶柄伸展到叶尖，直直的，像少女花瓣一样的脸上挺秀的鼻翼，美丽而娇嗔。

对车前子，我情有独钟。

小时候，家里兄弟姊妹多，几乎都是大姐大哥看弟弟妹妹。我也同样按规矩履职。同龄孩子都上三年级了，我还混在弟弟妹妹的哭闹嬉打中。妈妈说一季夏天，能赚来一元钱，秋凉就上学。坐在柳树荫下，柳梢下划过的风，凉丝丝如我的心情。蝴蝶戏在花蕊的翩然羽姿，我的眼里又充满一片惬意。

村里有个医生，国高毕业。人随和博学，乐善好施的医德比他精湛的医术更佳名远扬。他对我说，识百草知百药，是赚钱的关键。车前子、蒲公英、榆树钱、桑葚叶……都是我们最熟悉最易被忽略的药材。在他的指点下，采车前子的种子、蒲公英的根，晒干再卖给他，秋季开学，我已完成妈妈的目标。人生的第一桶金实现了我上学的梦想，那年我插班三年级。

寄情于物，感怀岁月。每次清理杂草，我总是不忍心斩草除根，总是心里歉意地说，对不起，我也想让你随心所欲，让你肆无忌惮，让你自由飞翔，可生活也要诗和远方。总是和一起拔草的爱人说起采车前子的日子，总是在某个角落留一撮泥土任它生长。享受着树叶漏下的一点阳光，花瓣折的一缕芳香，还有我的那份感激和眷恋。希望结一串种子，希望明年还能延续童年的沧桑，还有脚印，陪伴我走过春夏，疗慰岁月忧伤。

我知道岁月和过往是留不住的，一如青春，还有手中沙。它只属于那个年代，那个特殊的时空里的精彩，或者是那一片光阴的一个故事，一滴泪，一道伤疤。或美丽，或心酸，或高尚，或难于启齿，或不屑……

我爱车前子，就像我的童年，酸酸甜甜，凝重悠长，就像长在我生命里的希望和太阳。

我爱车前子，总能想起妈妈，无私慈爱，像门前的白杨树，遮风避雨，让你靠让你赖让你撒娇让你发脾气，让你成长教你爱。妈妈就是我生长的黑土地！

2016 年 8 月

捧一朵云，与月儿做伴

月儿是小妹的第二个女儿，是个美丽的不速之客。

月儿今年六岁，眼睛像两颗黑珍珠，扑闪扑闪会说话，可爱极了。月儿和我特别有缘，几年里，先后四次来我家。我也辗转两次去天津看她。每次见月儿，心都会脱胎换骨般感动。月儿很美，目光清澈，腼腆，灵动。时而娇媚，时而顽皮精怪，满身洋溢着“掩笑桃花面，频低柳叶眉”的闭月羞花之美。

六一儿童节到了，念念我的月儿，节日快乐。写一抹心情给你做礼物，字字句句浸润爱的声音，点点滴滴都是对你的眷恋，笔墨指尖，牵念一缕遐思。念你，小荷尖尖，清香淡雅，青青莲上柔波为开。想你，摘一枚树叶，遮挡夕阳，期待月牙初上。疼你，软软缝沙，细细掩纸，柔情泛滥成丘。

月儿第一次来时，才半岁。因小妹得甲亢，不得已给月儿断了母乳。月儿不哭不闹，吃个小奶嘴，咿咿呀呀，眸光追着人影，睫毛扇动，似说她的一帘稚梦。其实，月儿早在妈妈香胎里就随妈妈来看过外公外婆。千里迢迢，那么嫩嫩一小牙儿，就要感受亲情温暖和旅途颠簸劳顿，叫人心疼，令云儿垂怜。

阳春的风暖起来了，月儿留下一堆照片回家了。不舍如涟漪悄悄在我心间，微波荡漾。

月儿第二次来，两岁。外婆走了，带走我的快乐。顷刻，我情感的天空没了颜色，连云朵也掩着脸。没了太阳和月光，孤孤单单，像随风飘着的蒲公英种子，撞得只剩一具裸露的灵魂，淡漠如一张白纸。

童真缥缈，照亮天边的月牙儿，和煦的晨光弥漫到枕边，柔柔暖暖。冥冥中有个声音告诉我，一份爱陨落了，另一份爱的华彩已然包围，静静荡漾……

蓦然间，我的心豁然开朗。月儿就是上天给我的眷顾，是拯救我走出哀思的天使。

有了寄托，心就不会太痛。每每思念母亲，爱人都哄我看月儿照片，看着水做花雕的小精灵，挂着泪都会笑。

思念若河，潺潺无声。月儿，因为有你，因为爱你，便淡了那刻骨的殇。

今年四月半，月儿两次来看我。刚满六岁就花容月貌，楚楚可人，活脱脱一个小大人了。陪我聊天，给我捶背，说等我老了，给我拿拐棍，帮我端茶上水。童心是金，我的心醉了，泪水淹没了北方暮春的一抹春愁。月儿小住的日子，像花儿一样幸福。从早到晚，我的脸上都漾着笑，连空气都是甜的。时间和情感的缝隙春光荡漾，幸福像抒情诗，如山水画。我身轻如蝶，随月儿飘这飘那，俨然还童。摆积木，过家家，耍娃娃，满纸涂鸦。小时候没玩过的，这次都和月儿一起玩，恍惚里，月儿使我重过一回童年.

树欲静而风不止。日子温馨如小溪款款流淌，我的情感云卷云舒，完全不能自拔，满眼都是她的童颜，她的乖巧，满脑子都是她的香衣丽影，童言趣语，连做梦都想把月儿留在身边，守着她宠着她，陪她一起慢慢长大。

初秋的凉意一阵阵让人心里打战。月儿和妈妈回家上幼儿园，再见成为离别的借口。站台沉默不语，眼前只留下车窗前挥动的小手，任泪水如火车飞奔般流淌的小脸，越来越小，流成一条没有岸的河。

这一次，我很痛，脚步忧伤，刚刚走远的思念又上心头。我终于无法拯救自己，在心灵的河床睡了很久很久……

爱月儿，就这样没了理由，没了边际，没了理智，甚至痴迷。有人说，爱自己的孩子，是人，是小爱；爱别人的孩子，是神，是大爱。我不做神，只做一缕阳光，暖暖陪着她；只做一阵风，软软地包容她。其实月儿一直在我的目光里。我家的某个角落，某个凝眸处，定会有月儿的爱物，一个小玩具，一叶小画片，一枚衔着她毛发的发饰，甚至一颗吮过的棒棒糖，还有她从小到大的照片。在我的身边，在我的情绪里，在我的生命里，像血液一样流淌着，快乐着。月儿就像我生命的露珠，折射着太阳的光芒，滋润着情感的光华，像一枚月牙儿，挂在我生命的天空，静静而温暖……

蓦然回首花千树，风光尽染笔砚间。回想和月儿度过的日子，情不自禁会笑出声来。月儿给我带来了什么，留下了什么，又是什么缔造了一个人的情感重生？花香若语，风过留痕，心思似有千千结，凝重悠远。

时光匆匆，快乐和轻松随风而散，不会因你而留步，而我的月儿，温婉纯净，像花蕊上的凝露，晶莹剔透，盛满一天的快乐，漫过岁月的流痕，陪我一起，朝起朝落。做一只晚起的鸟，放慢脚步，欣赏快乐，享受花开花落的美丽。

这是月儿给我的爱，是一种渗透生命的感动。

爱月儿成了一种习惯，一种常态，如花儿肆意吐艳，细雨悄悄润物。生活从此有了新的色彩和主旋律。

日色散漫，倦鸟归巢，风儿拖着柳梢睡了，我倚窗而盼，夜儿悄悄，今夜无眠，捧一朵云，与月牙儿做伴。听你甜睡的香鼾，分享你似梦似幻的幸福快乐，陪你和你的快乐一起长大。

2012 年 6 月

那片飘香的记忆

这一年，夏天很热，是我和丈夫蜗居这个城市十年来最热的一年。闲暇之余，很少外出走动，便在家里读书看报，用有限的热情，弥补一下蹉跎岁月的遗憾和不足。女儿上大学无人绕膝，时光和心灵都空荡荡，时不时勾起对曾经点点滴滴记忆的展现和回顾。每有此感，我的心中都常常充满期待和无法名状的激情。

心中常常蓄满想写点什么、说点什么的驿动，给我的女儿和心灵。也给荒芜的情感一抹新绿，给飘香的那片记忆更多真实，任无边无际的激情无边无际地流淌……

那一年，我拥着被许多同龄人嫉妒和羡慕的幸福，相约冬季，绰约的雪姿，伴随着洋溢在空气中令人心怡的甜蜜，把时间填得满满的，一丝一抹，染点生命中难以述说的绵延。我整个人，都像融化了……

日子简单而快乐地流逝着，春柳荡漾，夏雨萧然，秋紫烂漫，冬雪无瑕，悄悄地包围着我们，恬静而浪漫。不约而至，婉儿的脚儿踩着雪花儿来了。一切随着扬扬白雪掩盖满目秋遗而改变。宁静的心，随着浪漫的诗行淡淡褪色而变得繁碎而杂乱。规律的情感堤岸，平添许多迷茫和无奈，不知所措，岌岌可危……我的想象已失去应有的定力，出位的已不是生活本身的手忙脚乱，更多的是对未来日子的迷失，我甚至有些混沌。

然而，母性天成，伴着女儿稚嫩的啼哭，于梁萦绕，瞧着女儿肉团般的笑脸，粉润如花。容着奶香肆无忌惮，弥漫和沁润，这一切的无所适从，就像露珠儿很快滑落，日子崭新而慢慢鲜活起来。我的心情也水润许多，生活有了新的内容和色彩。繁华浸染，温情无边。

如今，撒娇的小顽皮已亭亭玉立，书香淑雅。迁学异乡，少了许多绕膝之欢。吵着要好吃的，闹着要你搂着睡觉的时光，恍若隔世。霸占照相机镜头的无理，挨训时的努嘴和无声抗议，和爸妈讨论问题时的面红耳赤……种种都是女儿的小脚印儿踩出的叮叮当当。五彩音符，是她从稚嫩迈向成熟的华丽转身。

春花柳绿，撷一瓣馨香，站在岁月翩跹的路口做一次停留，像与曲折往事的轻轻交谈。

由于老人在外地，女儿上小学时，我和爱人忙于工作，没时间接送，一时愁上眉梢。早上还好，上班一起带上，中午在课后班吃饭，晚上放学不能及时接，孩子在校门口一等就个把小时。风里雨里，小小的心灵默默承受着这份孤单。为了孩子的安全，小兵再小也要上“战场”。爱人每天教她练习开防盗门，观察周围环境，遇到可疑情况的处理方法。孺子可教，经多次演练，不久，肩背书包、胸挂钥匙的小人儿就可以独当一面，自己回家了。

欣慰余温未尽，雪上加霜。婉儿从小在楼房长大，没上过室外厕所，在学校不敢上厕所，一忍一天。渴了忍着不敢喝水，有时马上到家却忍不住尿裤子，夏天还好，冬天呢？我的小可怜儿！

小树堪扶只需扶，百年教得人如禅。

婉儿少儿成长的第二个关键阶段开始了。

我带女儿到学校厕所一遍一遍示范，教她练习上厕所，还不能让别的小朋友知道笑话她。记得第一次她怯怯地抓着我的衣角，死活不松手。我百感成伤，苦口婆心：乖婉儿，学校不是咱家，妈不能给你带个尿盆儿上学呀！懂事的孩儿仰着哭花的小脸抽搐着：妈妈，我掉下去你救我……哽咽声揉碎妈妈的心！

不经风雨怎能见彩虹。追忆我婉儿的那些曾经，浅伤随风而散，一地静静柔情，烟云淡抹。

当初，小天使突然降临的忙乱，匆匆而过。不染纤尘，奶香漫卷，不停不歇。顽皮的心事漫长，我来不及收拾心情，不曾有一丝准备。挽留苍白无力，时光不能倒流，就让那片飘香的记忆，默默地流淌，融化淡淡的不舍，千转绵长。

或淡或雅，花儿总是绽放。快乐或忧伤，日子总是要过。一个小人儿，点点滴滴的只言片语，就这样自自然然地成了一段美好记忆，成为家的祥瑞彩虹，带着香、带着润、带着灵动的温淳，飘然在我和女儿之间，温婉凝静，沁入心脾。

那片飘香的记忆，更是我心灵履历中不可或缺的珍贵和美丽。

我曾经千百次感动，拥有女儿是我一生的幸福。我愿用一生途经女儿美丽的成长和璀璨绽放。

2012 年 5 月

奶奶做的花布鞋

许是真的老了，近来，总是情不自禁想起小时候的时光，快乐的，难过的，哥哥姐姐的，弟弟妹妹的，爸爸妈妈的，爷爷奶奶的……许多细细碎碎。尤其夏夜来临，曲曲夜歌，知了声声，远远传来的蛙鸣，都会让你的思绪穿越到童年的记忆。

爸妈很辛苦，养育我们八个兄弟姐妹，还要照顾奶奶。日子虽没饥寒交迫，捉襟见肘的时候也不是偶然。一个个挨着肩长大，要吃要穿，要书要本，哪是辛苦那么简单。上二年级第一次参加学校运动会，我很兴奋，也报名参加一百米短跑。回到家问题出现了，参加比赛我没有运动鞋，家里孩子多，买不起运动鞋。奶奶哄着我说，没事，奶奶有办法。

小时候都是家做的布鞋，鞋底是用麻绳纳的，穿着舒服，养脚。一家人四季的鞋子就是庞大工程，冬做棉夏做单，母亲常常点着油灯一做就是半夜。清晨还要打理一家人吃饭，然后和父亲一起下地耕田。冬天没棉鞋夏天没单鞋穿的现象一点不奇怪。我们家虽说孩子多，有奶奶帮衬，几乎没冻着也没热着。奶奶的针线活很优秀，细腻美观大方。奶奶眼睛不太好，母亲很少让奶奶做。为了我能参加比赛，奶奶熬夜给我做鞋。鞋底是细麻绳纳的，说是小脚丫嫩，不经磨。鞋面却煞费功夫，是奶奶用不同颜色的花布条搭配拼成的。一条红的一条绿的，一条粉的挨着一条蓝的，不撞色，不重样，五彩缤纷的，好看极了。我从来没见过这么好看的鞋，全村子里的人恐怕也没见过。小油灯的灯芯拨了又拨，巴掌大的小鞋子，奶奶做了一夜。当我拿到这双彩鞋，不敢相信是给我的。

背一瓶水，书包装两个熟鸡蛋、两个黄瓜、两个西红柿，穿上我的小彩鞋，乐颠颠去开运动会。同学老师都夸我的鞋好看。奶奶说穿它准能跑第一。我有点紧张，万一跑不了第一多对不起奶奶。可我相信奶奶。

穿着我的小彩鞋，登上我人生中的第一个赛场，开启我人生第一段历程。我头脑清醒，感觉踩着云朵在飞，身体轻飘飘的，看不到老师同学们，听不到锣鼓喧天和呐喊助威声，也看不到终点目标，只觉得飘。跑着跑着，新鞋有点不适应，一只鞋趿拉一下，跑着跑着居然掉了，我光着一只脚冲啊冲啊。一条红线截住我的目光，我跑了第一名。没有喝彩，大家都在笑。老师拎着小花鞋，抱着我的头抚摸着，脸上的笑像盛开的百合花。我捧着铅笔盒，激动的脸涨得像小苹果，这是我人生的第一个奖励，我很开心。那个铅笔盒我一直用到小学毕业。

这次赛跑我终生铭刻在心。是奶奶的小花鞋陪我迈上人生旅途，是爱超越世上最昂贵的任何一双鞋。

夏夜，燥热像落幕的繁华尘埃落定，安详而宁静。风也安静下来了，树叶和花瓣舒展着，淡淡地软软地喘息，让这个夜晚暧昧多情起来。我倚窗而盼，心情也如夜色这般无羁散漫。许是心底的情感层叠得太久，不吐不快的冲动，带给这夜晚几分凝重。

奶奶身材高挑，面若桃花，从小裹足，走起路摇摆婀娜。奶奶没有自己的名字，随夫姓唤作李杨氏。十四岁嫁给爷爷，养育三个儿子四个女儿。享年八十四岁。孩子们非帅即美，个个遗传奶奶高高的身材，俊秀的容颜。如今想起那些往事，总有奶奶做的小花鞋和奶奶的三寸金莲。

这个故事爱人知道，女儿知道，现在你们也知道。爱在恒久的记忆中绵延开来，终将绵延下去。

2017 年 7 月

烛光里的妈妈

昨夜做了个梦，梦见自己一个人在河边放河灯。河灯在水里游旋着，明亮闪烁。光映着水，水映着光。我的思绪安谧而干净，像这夜幕。不知怎的，有泪流进嘴角，咸咸的，一瞬间，就那么一闪，穿过泪光、灯光、水光，我看到每一盏河灯都是妈妈的脸，有年轻时梳辫子样子的，有掖耳短发的，有绾着发髻戴着簪的，还有皱纹叠叠眼窝深陷的……我看不下去了，纵身跳进水里……

梦醒了，我裹着一身冷汗再也睡不着了。

妈妈一生操劳，记忆中没见过一时能安稳坐着歇会儿，更多看到的是烛光下做针线的样子。家里人的衣帽鞋袜、床铺被褥都靠妈妈每天劳碌后，夜晚在烛光下一针一线完成。记得烛光下妈妈的样子，背直直的，微微低着头，短发掖在耳边，纤长的手指捏着针线一戳一扬，专注慈爱，样子很好看，影子映在墙上，像极了皮影里的美人。手里总是一堆活计，今天是棉衣明天是鞋袜，一针一线地缝着，时不时用针在发髻间从前到后划几下，或用剪子剪下烛芯……小时候不懂事问妈妈，你用针划头不疼吗？哪里知道妈妈是又累又困地坚持缝啊缝啊，免得冬天来了一家人没有棉衣棉鞋穿挨冷受冻。我和姐妹长大一些就能帮衬妈妈做针线了。烛光里从此也有姐姐，有时还有我。北方的冬夜寒冷而漫长，妈妈密密地缝细细地补，织着一家人的温暖，织着儿孙们的未来。每一个夜晚，烛光陪着妈妈，星光怜着妈妈，月光敬着妈妈，妈妈守着我们。

妈妈一生养育八个儿女，都在为别人做嫁衣，哥哥的新郎服，姐姐的嫁衣轻纱，缝进多少辛苦多少慈爱，暖在儿身，喜在母心。女儿出生时的小枕头、小被子、小衣服、小尿布、小鞋子，都是姥姥熬着昏花的眼，在正午亮堂的时光里缝的，针针脚脚，凝重踏实，像给宝宝铺的路……

妈妈离开我们十年了，就是这样的春天，料峭的春风撕裂冬日最后一缕安宁，把人的心都掏空了，冰冷得感受不到一丝丝春的味道。

每年春节、清明我都回老家看妈妈，爱人陪着我，带着她爱吃的和我爱吃的，还有她没吃过的，带着天南地北妈妈的儿女们的思念，在妈跟前絮絮叨叨，汇报每个人的生活工作情况，然后说妈我给你送钱了，很多很多的，也买辆轿车，和我爸出去旅旅游，看看海。去云南看老姨，怕热就冬天去；要是想二姨，海拉尔冷，就和我爸一人买个貂皮穿，要长款的，你不羡慕二姑穿长大衣好看吗？给你买。你说整天围着锅台转，上哪穿去。现在你闲了，正好穿。别怕花钱，长款膝盖暖和，爸年轻时膝盖骨折过，护着点少疼些。多吃点好吃的，别省着，你这一辈子都为这个家和儿女活了，省着点给老二，惦记着给老三，就不惦记自己，含辛茹苦，无怨无悔……每每絮叨完，我都会说，妈，我好想你啊！

母亲去世后，每次和女儿逛街，看到一些衣服都会说，这衣服你姥姥穿好看，接着就会说，唉，再也穿不着了……接下来我和女儿都不自觉地沉默一阵子。

十年来，我陪着妈妈，妈妈陪着我，风霜雪雨，酷暑冰寒，感谢妈妈，我依然不孤单。

妈妈一生勤劳俭素，清明安静，慈爱宽厚，不与人争，不语人过。烛光照亮她的一生，也一定会照亮她天堂里的每一个夜晚。

2019 年 12 月

一封家书（上）

——写给胎胞中的外孙（女）儿

宝宝：

你好！

我是你外婆，一名工商银行员工。喜欢写文章，有时有点懒惰，都是外公留作业才写。不想成什么名家，只愿生活多点色彩。

你的小爸爸小妈妈还没给你取乳名，也不知道你是巾帼不让须眉，还是伟岸俊帅，外婆暂且叫你宝宝吧。

春节前，就是2020年1月17日，我和外公第一次去看你。从决定去看你时起，外婆的心就没平静过哪怕一小会儿。想象你的样子，想象你见到我们高兴会不会多踢小妈妈几脚。记得外婆第一眼见到你，抚摸小妈妈的肚子，小妈妈还有些害羞。小妈妈气色还好，体态轻盈，你依偎她怀里，她一脸成熟、淡定、知性，母性光辉，更显几分动人的美丽。挂在眉角的笑，依然优雅。也没变胖，许是你懂事，没努力吸收营养，不让小妈妈变胖吧。这一刻，外婆悬着的心安安地放下了，几个月来，外婆从没闭上眼睛睡过一个安稳觉。一个母亲惦记一个即将成为母亲的女儿，初孕的担心、害怕、紧张、无助、孕吐不止，不能陪伴的滋味，只有经历过才能体会到。

你小爸爸小妈妈的新家，三室一厅，宽敞明亮，大气雅致，时尚脱俗，设施齐全，齐居其位，浓浓的家的味道，日子的味道，幸福的味道。外婆所有的想象和担心都自嘲而止。小妈妈长大了，生活给她自信和勇气，她还生活以色彩。能够看出来，你小爸爸小妈妈的生活态度，积极向上，时尚乐观，色彩斑斓，有追求有担当，能够成为你的好父母。外婆突然觉得，天天记挂吃饱没、穿暖没的女儿长大了，沾沾自喜也有着几分骄傲。这是宝宝的福气，也是外婆的福气！

和宝宝在一起的日子真好，每天能见到你，抚摸你。小妈妈吃点甜食，你就手舞足蹈淘气，动来动去。外婆想多帮小妈妈做些好吃的，从孕你那天，小妈妈想吃啥，外婆都没给她做一次，外婆心里难受。人家怀着孕，今天婆婆家炖鱼，明天妈妈家包饺子，想吃啥都有妈妈做给她，而小妈妈想吃土豆泥是你小爸爸按外婆指导做的。你小爸爸非常优秀，非常爱你，想尽办法给小妈妈做她想吃的，感谢你小爸爸照顾你小妈妈，把你养得这么好。外婆谢谢他，外婆放心把女儿交给他，他会护她一辈子。

我们的到来，小爸爸小妈妈很紧张，请我们吃好吃的，陪我们游玩，特别辛苦。宝宝也跟着劳累了好几天。

外公先回老家了，陪你太姥爷太姥姥过年。老人年纪大了，每一个团圆年都很珍贵。外婆留下来陪宝宝和你小爸爸小妈妈过年。

给你小妈妈做的第一顿饭是烙韭菜合子，这个外婆拿手。

你小爸爸小妈妈太可爱了，边吃着韭菜合子两个人边数个数，算谁吃几个，吃着算着，笑着乐着，最终也没算明白，一个个讨趣的表情，像两个没长大的孩子，童真童趣。外婆看着心里开心啊，也有隐隐酸楚。我的孩子们啊，想吃多少妈妈都给你们做。

外婆想专门为你小爸爸做顿饭，不光是为了他照顾你小妈妈，更难得的是，如今浮世繁华，智能时代，有哪一个年轻人能守着怀孕的妻子煮汤烹菜，陪伴着宝宝一天天长大。你小爸爸最爱吃面条，外婆给他做了手擀面。自从有手腕疼疾，很多年不擀面了，外公想吃就到面馆吃。你小爸爸自从你爷爷去世六年多，就没吃过手擀面。现在外婆做给他吃，以后他啥时候想吃外婆都给他做。

刚开开心心吃完面，就听说新冠肺炎全国蔓延，我们也只能待在家里防疫。你小妈妈很紧张，担心外公，担心天下所有人，每天新增确诊病例她都很难过。看到那些到处乱跑、隐瞒和疫区有接触的人，义愤填膺，有咬他撕他状。为了缓和紧张气氛，给你小妈妈做好吃的。说起好吃的，你家冰箱被山珍海味填得满满的，我做的只是你小妈妈想吃没吃到的吧。我们吃了她怀你八周时想吃的角瓜馅蒸饺。有意思的是，蒸饺的面和多了，同时我们又烙了糖饼，薄薄的，脆脆的，咬一口，浓浓的糖汁挤出来，唇齿留香。小妈妈小爸爸一会儿吃蒸饺，一会儿吃甜饼，开心的样子，是不是也和你一样？外婆知道，心里美美甜甜的滋味是一样的。养你小妈妈二十多年，天下每一个母亲，都惦记儿女有业归家，每天有热乎乎的餐食，一家人吃得开心。

这个春节，虽说有疫情揪着全国人民的心，但对外婆来说，能陪胎宝度过生命中的一段时光，是最奢侈的馈赠。就像那天深夜，你小妈妈睡不着觉，来外婆床上，你偎在你小妈妈怀里，你小妈妈偎在她妈怀里，外婆激动得一动不动，怕碰着你，磕着你。抱着我的孩子，抱着我的孙儿，外婆热泪沾巾。

时间过得真快，与你分别不觉一月有余，真是日日想你夜夜梦你。

宝宝，你现在应该三十三周了，身体各个器官都发育好了，能听见小爸爸给你读诗了吧？

记得给你买胎教书那天，小雨淅淅沥沥的，雨丝催着初秋的凉意，路上行人行色匆匆，我只愿慢慢踱在雨中，听雨水滴答滴答敲打装书的塑料袋子，似妙音悦耳，绕着雨丝，竟有几分陶醉的暖意。心中憧憬你读书的样子。外婆希望你知书达理，能像外公会写文章，能像小爸爸吹得豪情萨克斯，像小妈妈抚琴绘画，输才育人。其实外婆只愿你健康、快乐、善良，无论长大做什么，成为什么样的人，我们的爱永远都在。

你小爸爸读书的声音是不是很好听？你喜欢得不能自拔了，就用小拳头小脚丫谢谢小妈妈。你这么懂得感恩，外婆好欣慰啊！

你要谢谢你小妈妈，外婆也要谢谢她，谢谢她不怪外婆。

你小爸爸小妈妈大婚后去旅游了，正快乐享受美食美景时，发现你来了。

你小爸爸打电话报喜，外婆高兴的同时又难过万分。自己女儿怀孕，妈妈都会陪在身边，照顾关怀，做些喜欢的饭菜，你小妈妈孕吐反应厉害，吃啥吐啥，身体虚弱，难受得不得了。初孕的紧张、害怕、担心、无助，外婆却一点忙也帮不上，心痛得快要死掉了。但我想到宝宝，我就使劲坚强起来，早日康复，早日见到我的孩子们。

时临国庆节，我终于出院了，终于可以去看我的孩子了。

不遂人愿的是你小妈妈知道我病的事，伤心大哭。担心我身体不让我去了，说已经适应孕吐反应，能吃东西了，宝宝也开始长大了。听着我依然心酸，疼痛如裂。

虽然当时不敢告诉你小妈妈，怕她担心，还是让她伤心了。

2019 年 11 月 11 日晚，下班从单位楼梯上摔下来，左膝盖摔伤，卧床治疗，一治就是三个月。不能走，不能出门，不能上班，我焦虑失眠，惦记我的孩子，心如刀割就是当时的感受。12 月中旬痊愈心切，治疗过度，伤口再次被撕裂，一夜回到解放前，我号啕大哭，绝望的黑暗无情地击垮我，外婆真的好无助啊！

2020 年 1 月 17 日，外婆和外公终于见到宝宝。之后的事你就知道了。

宝宝，别怪外婆，想起这事现在外婆的心都痛。希望你小妈妈也不会怪外婆。外婆心里知道，她要怪外婆一点，外婆心里或许好受些。你小妈妈她不容易，大学毕业只身去泰国开启志愿者征程，之后又只身去英国读研究生。一个人在繁华江湖，面对风雨坎坷，勇敢地生活学习。想起在北京机场，你小妈妈走向安检的背影，外婆好痛好舍不得啊，多想用半颗心做枚琉璃戒戴在她手上，时时刻刻陪着她。妈妈知道你一个人的路途，你一定害怕，不知所措。漂洋过海一个人，迷茫的未知，你吃了多少苦啊！你最需要我的时候我不在，这次你怀宝宝，我又病榻锁足。对不起宝宝！

宝宝，外婆说这么多就是想告诉你，每一个妈妈都是爱自己的孩子的，哪怕付出生命。你小妈妈也一样，孕吐反应厉害，吃得很少，她担心你长不好，就整晚整晚哭。你小妈妈以前不吃的东西，现在只要对你好就吃。你到二十周左右，你小妈妈就睡不好觉了，等到三十多周，肚子很大了，行动不方便，系鞋带都好困难，这都是小事，她还要努力把你生下来，把你养大成人。

还有你要感恩你的小爸爸，他从有你，就照顾你和你小妈妈，一日三餐，无微不至。外婆也要谢谢他。他一定是个好爸爸，宝宝记得要感恩孝敬父母啊！

为了迎接你，你小妈妈小爸爸给你准备了好多东西，吃的穿的用的，真是操了不少心。那些东西可爱极了，外婆稀罕得不得了。你真幸福啊，该好好谢谢他们啊。

宝宝你很快就要和我们见面了，我们都很欢喜，欢迎宝宝。我们是幸福的一家人！

春暖花开，宝宝你知道吗，你出生时，天津的花都开了，欢迎你诞生！

外婆等你哟！

2020 年 3 月 24 日　鹤城王仔花苑

一封家书（下）

——写给胎胞中的外孙（女）儿

日子一天一天飞快流逝，来不及咀嚼指缝间流泻的细节和片段。成长的记忆怡然是过往。宝宝也在妈妈造的房子里，健康长大。今天三十八周了，外婆去天津见宝宝的日子，也是北方一年一度的雾霾天气。

由于每年春天，为不误农时，农民集中燃烧秸秆，使得整个城市烟雾弥漫，持续数日，日常生活和出行多有不便。蒲公英飞舞的艳阳丽日，平添淡淡的忧伤，也殃及我乘坐的飞机延误。幸而候机时间充足，怀想一下这几天的感受。

其实也不是什么大事，或许还真是大事，于漫长的生命旅程，第一次的经历都是特别的不同。

第一次与爱人分开这么久，心里太多惦记。惦记他一个人吃晚餐，一只酒杯盛满淡淡的孤单，寂静无声中有些冷清。平时日子的争论争吵竟然是幸福的节奏。我们结婚几十年，第一次留他一个人在家，突然发现他不会洗衣服，不会打扫卫生，不会整理房间……说不会有点不准确，他只是太忙，没时间打理这些而已。

如今，女儿要做妈妈了，这个妈妈要帮助她成为一个好妈妈。外公就一个人过日子了。这是中国目前的一大现状。

飞机终于安全着陆天津滨海机场。见到你们一家三口，外婆好开心啊!

2020 年 4 月 14 日

距离宝宝出生预产期还有十天。

你小妈妈状态很好，一大早就陪我共进早餐。西餐特色，汉堡、水果、牛奶，吃得很好。

新冠疫情还很严重，全国所有学校采取线上教学，停课不停学。小妈妈每天要在电脑面前给孩子们上四个小时的网课，从未因孕期不适耽误一堂课。

宝宝一天天长大，小妈妈的身体越来越沉了，行动不方便，可对学生的责任心爆棚，每天依然还坚持给孩子们上网课，一讲就是几个小时，没时间喝水吃东西，宝宝也跟着一起学习。外婆有点心疼你们，可见到你小妈妈和孩子们一起互动学习开心的样子，觉得也不是坏事，虽然累点，于她自己，于怀里的宝宝都是极有精神的支持和学习。优秀的氛围是最好的胎教，外婆最终懂你小妈妈!

上午给宝宝洗小衣服。这是外婆给宝宝做的第一件事。小衣服太可爱了，你小妈妈小时候都是她外婆做的小衣服，纯棉面料，无色染，无伤害。那时候都没有这么好看的东西，大的城市或家庭条件好的，也买不到现在这样的小衣服、小被子。现在宝宝的东西都款式新颖，实用，多样。宝宝幸福，妈妈省心。

2020 年 4 月 15 日

这是一个特殊的日子，紧张，激动，伴有些许害怕。第一次经历女儿即将生产时的感受。

今天本来是你小妈妈的班级网上教学考试的日子，因此起得比往常要早。7 点 50 分左右，我正在准备早餐，你小妈妈突然叫外婆，生产有征兆了，刹那间我全线紧张起来，但还不能表现出来，不能把紧张传递给你小妈妈。显然她比我还紧张，我要稳住，把握局面，期待与宝宝见面的欢喜。

你小妈妈向单位申请产假，迅速吃完早餐，9 点网约车到楼下。9 点 20 分，到达天津滨海新区塘沽妇幼医院。

疫情时期女儿怀孕三十九周，第一次陪伴她产检，陪同产检家属一律在院外等候。国家有难，举国担当，怀孕的女儿和她的胎宝都义不容辞做一份贡献，外婆自豪而敬仰她们。

今天天气特别好，温度二十度，体感很舒服。医院小花园里，春花烂漫，紫色丁香，粉色梅花，藕色海棠，争相斗艳。弥漫的香气热闹非常。院门口等候的家属们似乎有些淡漠，徘徊树下，漫不经心。我这个花痴也木讷着，不惊不喜，心思早就穿越二维码飞到你小妈妈身边了。形神分离游走花丛中，时间好像停止跳动，紧张焦虑的情绪惊扰一地花瓣飘落，或飘或旋的美姿依然不能打动我。从 9 点 20 分一直到 12 点 55 分，你小妈妈挺着大肚子出来了，检查胎心结果正常，已经有宫缩现象，宝宝很快要出生了。外婆开心得不得了，怀胎十月，沉甸甸走过朝阳迎来暮夜，终于等到你与我们见面了。分娩的美丽即将媲美整个春天。外婆的心像满园盛开的鲜花，骄傲而美艳。

检查还没结束，下午还要做B超检查，我和你小妈妈点了肯德基外卖，第一次坐在台阶上陪女儿吃鸡肉卷喝奶茶。不觉想起你小妈妈小时候，带她上街买好吃的，每次都迫不及待在公交车上就吃，坐一路车吃一路。

现在能感受到她很紧张，却也掩饰不住淡淡的喜悦。怀胎十月，母子一体，很辛苦很幸福，就要见到血脉滋养的骨肉宝贝，满满的成就感爆棚。陪着她在花间散步，嘱咐一下即将生产的常识和事项。

孕育是漫长而幸福的，成为一个母亲真的很辛苦。外婆很内疚没帮上什么忙，我由衷感谢你小爸妈，他们没给双方父母添麻烦，把一个小生命养得这么好，十足优秀。她却说，放心吧，只有我们自己也要把孩子生下来，把他养大。我的心猛地被撕了一下，待产的路上多渴望有父母的悉心照顾陪伴啊，我的孩子，妈妈幸亏提前十天就来了，不然你们心里多么不安多么没底气啊！纵然也做不了什么，默默陪伴便是安心。

这个医院下午2点上班，B超检查结果出来了，宝宝情况正常，回家待产即可。相信那一刻你小妈妈和外婆的心情是一样的，踏实了许多。

回到家，依然忙忙叨叨地准备孕妇婴儿用品，心一直悬着。做了三个菜，土豆干炖鸡，炒蒜薹，土豆烧豆角，烙油饼，白米粥。19点小爸爸下班，准时开饭。大家很开心地吃完所有的菜，聊着闲事，说着婉儿请假的事。轻松愉快的氛围笼罩在宝宝小床的轻纱里。你小妈妈化了淡妆，和小爸爸一起给即将出生的宝宝录视频，一阵阵笑声回荡在温馨的灯光里。

分娩的日子近了，帮女儿洗洗澡，清香沐浴迎接我的宝宝。

记得上一次给婉儿搓澡那是十三年前。

女儿上高中后就不用妈妈搓澡了。如今婉儿要生宝宝了，再次给我的孩子搓澡，妈妈开心又心酸。往后的日子，女儿有她的孩子陪伴，她会给她的孩子搓澡，将来还要给妈妈搓澡，辛苦了，女儿!

夜深了，躺在女儿家的软床上，记录下一天的经历，不给往事留白，希望心灵也没有遗憾。待宝宝看到这些文字，体会感动感恩和幸福。

2020 年 4 月 17 日

这一天，注定与众不同。注定是惊喜的；注定刻骨铭心；注定幸福满满。

女儿怀孕三十九周，宝宝今日还没有发动迹象，宫缩依然没有渐强。女儿很焦虑，我也心神不宁，在屋里来回走动，安不下心做一件事，心疼女儿疼痛的可怜，担心胎宝宝的健康。幸亏食欲不振有助于减肥，还是一件不错的事情。

时间过得很慢，好似焦虑的帮凶，纠缠我很不爽。依然思路清晰的我还是做了个决定，必须带婉儿去医院看医生，凭医生的诊断决定是否住院。我顺利地约到网车，顺利见到医生。胎心监护发现胎宝宝心率过快，需要吸氧诊断胎宝宝的状况。婉儿在里面检查，我在外面等待。

15点54分，婉儿打电话说胎宝宝心率过快，医生说可以住院，并通知小爸爸。半小时后，小爸爸进去办理住院手续。我依然在焦虑不安中等待……室外凉爽许多，月季花、蔷薇花，比奇斗艳，绽放得热热闹闹。我突然觉得很幸福，宝宝出生在花季，万紫千红，芬芳馥郁，如是浪漫美妙的迎接仪式，宝宝是咱们家的福气。谢谢女儿，你辛苦了！

19点58分，我终于可以进去看我的孩子了。病房在二楼201室。见到婉儿时，她宫缩频繁，四五分钟一次。苍白的小脸，一绺长发黏在腮边，秀眉紧锁。无力又无助的眼神穿透心灵的所有壁垒，崩溃得一塌糊涂。捂着她柔软的小手好想替她疼替她痛。

由于疫情，医院防护监管措施严格，为确保每一个宝宝和宝妈安全无恙，每一名陪护都严格追溯审核，我需要在家隔离，必须马上离开医院。我无奈离开即将生产的女儿。

疫情蔓延，大家做好自己该做的，勤洗手，戴口罩，多通风，不聚集，孕检也能省则省，为控制疫情尽点微薄之力。虽然医院的严苛有些无情，但为了那些即将来到这个世上的小生命的安危，必须遵守。疫情无小事。我想着想着来到街头，我的心像闪烁的街灯，飘忽摇摆，没有一丝安全感。人行道旁蔷薇花含苞待放，红的、粉的、白的、黄的、玫瑰的，争奇斗艳，我的心一下子开朗了，我的宝贝就像这花朵含苞待放，一个小生命即将绽放。不能陪伴我的孩子生产，但决不能离我的孩子太远，我得守着她。我决定就在附近找家旅店住下默默陪伴她，等着消息。我这样告诉自己，女儿一直非常优秀，独立生活工作从未让我和宝宝的外公操心。特殊时期，她一定是最好的，一定是最坚强勇敢的。她会用最美丽的方式迎接她的孩子。还有爱她的丈夫陪伴，你小爸爸，外婆知道他是害怕的，爱和责任使他高大坚强，他一定是最值得骄傲的小爸爸。想着想着，外婆释怀，相信他们是最勇敢的。

拨通爱人的电话说明情况，达成共识。一辆出租车把我带到离医院最近的旅馆。

这一家类似家庭旅馆，老旧，简陋。店主人和气，给我一瓶酒精，引我上二楼206房间。房间不足八平米，一张大床，脚边只剩一尺宽的空地。白色床单皱皱巴巴，一叠被子堆在床头。墙角洗漱卫生间，被一道玻璃门隔开。房间别无他物。没有窗户，单薄的酱色木门，轻倚便倒的样子。更奇葩的是门关上，竟有两厘米的缝，一个指头畅通无阻。门闩的小舌头孤单地支撑着这扇安全屏障。我不知道会有什么事发生，必须阻隔外面的眼睛，或许我的心会平静些。便把一卷卫生纸搓成长纸条，塞进门缝，从上往下来回两层，虚伪地支撑那道缝隙。悬空感也让人想起河面上的浮萍，刺眼的白条条也平添几分想象的恐惧感。不过，比起惦记婉儿的情绪，只是小巫见大巫。环境差点没关系，我与女儿的距离一眼望到，我便心安。

我迅速找到手机充电座，保证手机畅通无阻。

半百时光中，从未有过和时间较劲，今天我怒了。随之而来的无奈比这怒更磨心智。夜渐渐深了，隔壁房间一对男女喝酒聊天的声音不知什么时候安静了。夜晚的凉薄也把我逼到床脚，我抱着自己，恍惚有点淡淡的凄凉。想着宝宝出生是什么样，像爸爸还是像妈妈？见着外婆会不会笑？想着想着不觉笑了，半百年龄，居然也不淡定。一切都会好的，外婆相信！

夜慢慢地随时针转动着，不急不躁，一点也不懂我心意。22点21

分，小妈妈发来微信，疼痛继续着，安慰我好好休息吧，今夜好像不能生了，不用惦记。我读懂她的心意。无眠。

2020年4月18日

凌晨1点27分，小爸爸微信，小妈妈疼痛加剧，很快就要进产房了。我激动不已。心念着我优雅知性的美女老师定是疼得一塌糊涂，也一定热血沸腾，期待她的孩子的降生。我默默祈祷，祝愿她们一切顺利平安！

夜更深了，隔壁房间的呼噜声敲击着黎明前的黑暗。

凌晨2点41分，小爸爸微信，小妈妈进产房了，我的心安稳了一下，有医生和护士帮助她，一切都会顺利的。消息传递给外公，外公、太爷爷、太奶奶也一夜没睡等消息。我有点紧张，有点兴奋，有点心疼，小妈妈你一定要勇敢坚强啊……我不敢想她一个人在产房的情形，但我知道产房外小爸爸一个人等待的心情。小爸爸是优秀的，陪小妈妈一宿，陪她疼陪她痛陪她一起迎接宝宝的第一声啼哭！

凌晨3点35分，电话铃突然响了，惊得我一哆嗦，像一道闪电划过夜空。“妈，婉儿生了，是女孩。”我从床上跳起来，太好了，太好了，我马上到……

2020年4月18日凌晨3点35分，一个振奋人心的时刻，一个小生命诞生了！高羽棠，女孩，诞生于天津市塘沽区妇幼医院。

幸福感呈几何倍增，填满整个城市，填满每一个期待的家人的心。世界是璀璨多姿多彩的。

2020 年 4 月 18 日凌晨 5 点 40 分，产房的门开了，生产后观察两个小时后，宝宝终于和我们见面了。

第一个抱你的是小爸爸。第一口奶也是小爸爸喂你的。小妈妈强撑着身体抚摸你的小脸，小爸爸亲着你，那一幕外婆泪奔。这一天你留下第一张照片，第一个视频。外婆第一次抱你，世界融化了。外婆想把全世界最好的都给你，只要你要……更谢谢你小妈妈，把幸福带给我们。辛苦了我的孩子！

2020 年 4 月 19 日

宝宝，当你能看懂这些字时，好好体会一下一个母亲的伟大。你小妈妈还没有奶水，晚上你哭闹，她心疼地流泪。她努力让自己身体快点恢复，好能抱着你护着你。她忍着初开乳的疼痛，让你嘬奶头，只为早日让你吃上妈妈的乳汁……外婆心疼你，更心疼你小妈妈！

2020 年 4 月 20 日

风和日丽。昨夜一场暴雨清洗这个城市的尘埃，清新的味道弥漫在空气中。5 点 10 分起床，洗漱完毕，给婉儿和月嫂准备早餐。熬小米粥，煮红鸡蛋，炒俩小菜。刚到医院，收到一个好消息：婉儿下奶了，宝宝可以吃母乳了。而且医生检查说婉儿恢复得挺好，明天可以出院回家坐月子了。

下午，小爸爸给她做的糖醋排骨。我和宝宝奶奶把宝宝家大清理一遍，植花，洗尘，擦玻璃。干干净净，整整齐齐，欢迎伟大的小妈妈回家，欢迎美丽的小公主回家。

2020 年 4 月 21 日

伟大的小母亲生产七十二小时今日出院，小公主正式成为这个幸福小家庭幸福的一员。

由于疫情，婉儿生产只能选择专科妇产医院。市里或其他综合医院的环境、技术、服务更好一些，但各科病患复杂，新冠肺炎的接诊，都对孕妇和新生儿具有不可抗拒的风险，这是不可忽视的。妇幼医院建院历史悠久，医生技术水平优秀，是值得信赖的。疫情期间的防护，也是整章建制，严中有序。住院生产的孕妇，一床只能一人陪护，出去需出示陪伴证。扫码入门，测温核验身份，询问十四天行动轨迹史，一丝不苟。平时还好，七十二小时出院情况有点不方便，取东西，接宝宝，接产妇，反反复复七八次。今日赶巧风大，产妇宝宝都要包裹得严严实实，一旦受风受凉，是很麻烦的事，刚刚出院宝宝就要看医生，产妇便落下病根，下辈子于病痛中，基本很难治愈。这就是“产后病，要人命”的缘由。

婉儿和小羽棠很顺利，小爸爸开着宝马车，后车窗上温馨提示“车内有宝宝，请多关照”，一路踏着花香，掠览绿意盎然，安安全全，平平安安到家。

小羽棠回到自己的家，很兴奋。小妈妈小爸爸布置的公主房，恬静温馨，梦幻舒适。奶粉色的窗帘衬着白纱，飘逸温暖。围着纱帐的公主床，一下子就能想起白雪公主和七个小矮人。婴儿车、黄色提篮、奶瓶消毒器、温奶器、恒温机、小夜灯，林林总总，浸满母爱父爱。

小羽棠是幸福的。新冠肺炎疫情正在这个世界肆虐，而我们的祖国依然给了你一个安全的降生环境，给你一个幸福的家。

小羽棠回家了，外婆也唠叨太多了，宝贝，外婆愿你平安健康快乐成长，努力做一个对社会对国家有用的人！

外婆絮至

2020 年 4 月 20 日　天津滨海生态城

不惑之美

一转眼，已经是不惑之年。其中多少辛酸苦辣、快乐幸福的时光仿佛就在昨天。就像窗前的落叶变黄落下，转而老树又发新枝，只是瞬间变化。而这变化的过程本身就是壮美的、超然的、回归的，无时不延续着华彩。我常为这变化而感动着、兴奋着、迷醉着……

换份工作，搬个新家，一次外出旅游，都有换了种活法的感觉，脱胎换骨般清澈。想的、做的、看的、烦的，种种都充满新鲜的味道。激情赋予了不寻常的含义和无限挑战的刺激。原本已习惯了的氛围变了节奏，期待着实现更多的价值。人生的许多内涵都有了新的定义和更加完美的诠释。说给别人，说给自己，说给冥冥中骨子里带来的那种潜质。

面对变化，要努力前行。让脚下的路从心灵出发，在创造快乐中延伸，到每一寸土地、每一片心灵。尽管有时很疲惫，脚步也很缓慢，眼是懒汉，手是好汉，只要努力，前方的路就会变短。其实人生有许多变化，就像华丽的转身无处不在。经意的、不经意的，短暂的、持久的，色彩斑斓。有的让你很风光，有的让你很痛苦，甚至有的让你很绝望，乃至痛不欲生。但这都很平常，就像一笔取之不尽、用之不竭的财富，点缀着你的一生。从童年到青年、从中年到老年慢慢演绎着一年一岁的变化。你把童年在爸爸肩头、妈妈怀里撒娇的快乐留在小院，老槐树记着你每一次跌倒爬起、哭了又笑了的日子，直到你能拽着树梢荡秋千，你便从小院飞出去，海阔天空，阳光大道。从此工作、结婚、扶老携幼，你的生活在每一次叶黄叶落又叶绿中演变着不同转身的意义和风采，和你，和我，和他，和这个世界辗转着生命轨迹中的魅力和辉煌。每个人都要这样经历，都要没有理由地去担当。

人生路很长，不惑真美。大地、阳光、亲人、朋友，无论多少次在奢侈中落幕精彩，在陶醉中换了方向，这一切都无法改变，无须伤感，每一次都当是一段旅程的终点和新旅程的开始。多一分珍重，少一分抱怨，犹同叶落归根，花开花谢，你繁衍的美丽一定会久远而灿烂，如同与你一般经历一切的人们会永远珍惜你的经历。

2011 年 4 月

成长的美丽

东风习习，清芬酝酿，二十岁的年龄，犹如一朵青花，拥有初妆的淡雅宁静，却不失活泼的本性。眉宇间藏着淡淡的愁绪，偶又凝聚一束花光，穿透光阴里喧嚣的虚妄，染尽人间春气。这般妙龄我们都曾有过，无非流连忘返或是昙花一现而已。

眼前的女孩，使我的心里满满都是这样的感觉。一张姣好的面容，嘴角眉梢挂着一丝倦容，眼神里漂着忧伤，打着几个波浪的马尾辫垂在肩头，黑色凉鞋，牛仔短裤，白色 T 恤，黑色双肩包贴在腰间。青春，清新，不羁，无畏，阳光，淡定，看着都有心潮澎湃的感觉。

她叫庆儿。今天在医院体检遇到的，来自偏远山区。二十岁，刚刚考取北京的一所医科大学，和爸爸带妈妈来看病。

那个初春，微风依然有些寒意，草芽芽刚刚顾盼大地，也是农村翻整土地朝气蓬勃的时候，母亲突然生病，那年庆儿十岁。

母亲得的是怪病，白天黑夜讲话，像做报告，说的话谁都听不懂，手还不停在床上或桌子上画着什么，不吃饭不喝水不睡觉，整个人日见单薄枯槁。一家人四处求医问药，踏破铁鞋也没一位神医治好母亲。开心幸福的一家在绝境的边缘摇摇欲坠。憨厚朴实的父亲想和母亲一起喝药结束这绝望的日子，庆儿哭着喊着要父亲也带她一起死，父亲动摇了，他怎忍心，女儿才十岁，父女俩哭作一团。

一天，一个道士打扮的人自荐能治母亲的病，不过诊费昂贵，庆儿一家顾不上钱了，只要能治好母亲的病，便什么都答应了。道士把自己和母亲关在一间屋子里，不准任何人进来，折腾三天三夜，又是敲锣又是打鼓，又是怪声怪气念咒，随着母亲一声惨叫，一切安静下来。道士出来说，治好了，让母亲睡到自然醒就好了，并说别的村还有病人，拿着钱消失在茫茫黑夜……庆儿一家人看着母亲终于安静了，也都疲惫地睡了……

沉沉的夜幕压盖住小小的村子，严严实实，似乎举起双臂就能触碰到，空气汩汩流动着……

小村的清晨充满生发的气息，炊烟袅袅，燕雀啾啾，一切像徐徐展开的《清明上河图》，美好而生机勃勃。

母亲醒来，哭喊着说不出话，原来被巫医剪断舌线，永远丧失语言功能，堕入万劫不复的深渊。不食茶饭，不着雨露，过着半床衾枕半床泪的日子。一家人陪着、哭着、苦着、熬着……一日，妈妈哭着哭着就睡着了，一睡三天三夜。等醒来妈妈就不哭不闹了，却添了新病，时不时就抽厥、跌倒，眼睛瞪得像灯笼。一家人再次陷入绝境。四处求医问药后，得知妈妈得了癫痫病，需要人陪伴照顾。爸爸要赚钱，庆儿就担起照顾妈妈的职责。这时候庆儿十岁。妈妈经常犯病，抽厥或者跌倒，满身是伤，尤其脸部，至今一口皓齿都已寥寥无几，基本不能咀嚼，最多只能吃粥食。庆儿学会做饭、洗衣、打吊瓶，甚至妈妈犯病时的急救，像个小大人一陪妈妈就是十年。如今妈妈病情稳定，她也考上大学，决心学医，将来有一天治好妈妈的病。

区区半日，认识了庆儿和她成长的疼痛。她就像一棵小树历经狂风暴雨，酷暑严寒，跌跌荡荡，曲曲弯弯在石缝间生长。我被感动得无可救药，乱了一方心境，情不自禁想为她写点什么，或是一声叹息，或是一行眼泪，或是一种期待，或是一份祝福，虽微不足道但什么都好，都只是表达我的怜惜和祝福吧。这份声援似乎珍贵又多么苍白而单薄。都说作家具有悲天悯人的情怀，而此刻我的这种情怀正在泛滥，可于庆儿又如何？

庆儿是优秀的，如珍珠般璀璨，耀日月之光，荣天地万物。她的成长就像一朵花的绽放，芳香妖娆。旅途很美好，不管我们是有缘再见还是两两相忘，她未来的路也许是她过去的十年，也许更不堪，也或许是阳光鲜花和掌声。无论怎样，相信庆儿，永远随着向日葵的花盘迎着太阳生长，由衷祝愿她快乐健康幸福。

分手时庆儿说，阿姨，我会记得你的。我说，我也是。她远去的背影让我不由想起女儿。她也在磨炼成长，在另一片阳光里，只是她很幸运。

初伏第二天，暑气更重了。空气中弥漫着懒懒的味道，像墙角避暑的猫咪，体检仪器带来的不舒服，也懒懒地笼着身心不愿散去。躺在床上，思绪便天马行空。祝愿庆儿一家好好的，庆儿毕业有个好工作，庆儿妈也开心地活着，多年以后再添个小外孙就更好了……想着想着就动意写了这篇文章，做一个交代或是一份祝福也好。哪怕是附庸一下禅意，好人一生平安吧。我们拥有的一切都是值得的，磨难与一帆风顺，快乐与忧伤，熟悉如阳光和空气，都是我们成长的理由。时而会有心酸，但依然美好，成长是美丽的！

2017 年 7 月

西红柿的故事

母亲节刚过，人们又恢复到以往的忙碌中。鲜花和祝福消失在时空的彼岸，幸福的味道只是在记忆里萦绕。橱窗里，温情的康乃馨开得正浓，浓情蜜意的蛋糕，依然散发出轻奢的贵气。忙碌的工作之暇，脑际飘过母亲节那天，各大小餐厅候餐的画面，一家子一家子的，搀着的，扶着的，拉着的，拄拐杖的，轮椅推着的……老老小小团团落座，围着满桌子美味佳肴，推杯换盏，祝福声声，尊慈敬老，像春风蔓延在视野里，遍地花开，温馨感动的泪水模糊了双眼。那一刻，往事随风而逝，所有的一切都是幸福的，只是幸福短暂得只一顿饭的工夫！

不日街头的场景，不免让人“肝肠寸断”。

初夏的绿嫩得柔情，丝条慢舞，你不觉凝眸驻足，莫名地觉得生活很美好很幸福。而眼前的景象，让你觉得凉凛的冬天还没过去……

一位老奶奶拎着一袋西红柿蹒跚在车流中，是购物袋的劣质还是老人的不小心，西红柿突然滚了一地，一个滚到路边水沟里，一个滚到飞驰而来的宝马车轱辘下……老人慌张起来，一手紧紧攥着空塑料袋，在车流的气浪里飞舞着，一手五指张开，欲去捡，脚步却木讷地挪不动。

司机一个个急刹车，一个司机探出头说句什么，一个女司机也探出头，玉臂高高举起挥了挥，后面一片汽车按喇叭声，声音尖利而恐怖。路中间的老人这时慌乱起来，一缕华发挡住左眼，灰格子衬衫后背已被汗水贴在脊背上，半弓着腰，双手左抓一下右抓一下，指尖一次次戳在坚硬的水泥路面上，抓了一个跑了两个，无助的眼神越来越绝望……冷漠似乎僵固了时间，街上老人像在演皮影戏，围观的车里没一个人出来帮帮老人。一地殷红的柿子酱，像极了一摊摊血液，腥臭弥漫，行人掩鼻而行。此情此景，让你想到刚刚余温未了的母亲节已经不重要了，鲜花和蛋糕显得多么苍白。儿子女儿亲人在哪儿，谁来陪伴帮助这些老人？一曝十寒式的关爱，难道你没一点反思？你的心不会动一下吗？如果她是你的老人，如果她是你认识的人。

被交警搀扶着离开的老人背影，像魔咒永远留在那条街的上空……

母亲去世得早，应该没过过像样的母亲节，当时也只是给母亲买件新衣服而已。母亲走后，每次和女儿逛街，我们都会不约而同地说，这件衣服姥姥穿好看，随后一声叹息淹没在周遭的人声里。

母亲一生操劳，晚年患上肺癌，生命在有限的日子里也依然坚强。我请假陪伴母亲最后的半年时光。单位扣工资也阻挡不了我享受那最后的母爱。十几年了，母亲节的康乃馨飘满街头的时候，我都会在心里种一片花海给母亲，只愿有花香没有病痛……

而后多年至今，都是陪婆婆过母亲节，陪她生活，陪她慢慢变老。做她们抚摸日月的手，做她们看精彩繁华的眼，做她们丈量世界的脚，一天天柴米油盐，人生况味悠远。

记得我工作中的故事，某银行营业大厅，大爷拄着拐杖携着老伴，哮喘说不出话，工作人员耐心询问帮助老人。老人每月来两次开支，都是工作人员帮忙，搀着接进来，把开好的工资如数帮老人装好，再扶着送出去。老人非常感激这些工作人员。老人说他儿子一年也没帮他开几回支，见儿子的面都没见工作人员多，一辈子儿子搀扶他的次数都没有工作人员搀扶的多。老人虽然笑着说，大家也笑着听，但朴素的话语传递出多少老人的心声啊！见一见儿子似乎都那么奢侈。养儿防老，我突然觉得是伪命题。

随着人口老龄化的趋势越来越明显，社会家庭的担当日益沉重。三四线城市的青年人涌向一二线城市打工的越来越多，更多空巢老人的生活服务困难日益厚重起来。老人每月开支、缴费、就医买药、购买柴米油盐等生活问题，尤为重要，谁来帮助他们，听他们的故事，一件件，一桩桩，哪是一个节日的喧嚣热闹可比。因此，服务行业的工作承载着太多太多对老人的帮助和温暖，寒来暑往，朝朝暮暮，帮助老人实现柴米油盐的日常开销。他们的付出是一种社会责任和奉献，应受到全社会的尊重和褒奖，也应该受到那些留老人在家的儿女们的感激认可。儿女们更应该思考一下漂泊赚钱的意义。

关爱老人是儿女的义务，也是全社会爱的奉献。小处着眼，关爱陪伴，帮助他们安度晚年。无论你在哪，无论你是谁，伸出手，帮助老人关爱老人，愿温暖常在！

今年，乐耕园的柿子丰收。果子特别饱满，圆润如火球，橙黄似蜜脂。酸甜可口，食香满齿，赢得来乐耕园的文人墨客溢彩流金的赞美。我和爱人也甚爱柿子，每年都要在冰箱里冻一些，把夏天的甜美延续到下一个春天。而我摘一颗握在手里，总能想起街头捡柿子的老人，多少年都挥之不去。那心酸的场景依然刻骨铭心，久久不能释怀。我不知道那个老人怎样，是否依然健在，是否如我一般，挥不去街头的阴影……

一个个节日祝福，一份份生日礼物，有比陪伴更幸福吗？有比那一枚西红柿更珍贵吗？

我茫然，像午后懒散的树影……

2017 年 7 月

那一刻，我的心春暖花开

北方的四月，温婉怡人，清丽飘逸。春风暖贴贴，拂在脸上，整个人都神清气爽，意气风发。就像刚刚结束的 2017 年宣传骨干培训班给我的感觉。

4 月 24、25 日为期两天的培训在省金融培训中心拉开帷幕。围绕企业文化为主题的服务文化、信贷文化等多角度、多方面的内训，内容丰富、别致、清丽，款款入心，收获满满，好似为倦怠的心打开一扇窗。

所谓文化，之于企业，是灵魂，是方向，是一份力量。表达爱和付出，之于我们，是成长的阳光，是历练和素养，是生命纯粹的光彩。

刚入行时做柜员，每天只知道把账记好，把钱看好，服务的概念似乎有些淡漠。一天帮一位大娘给海南的孙子汇钱，大娘不识字，耳朵有点背，沟通不畅，只给我一个账号、一个电话号码和一叠钱。我试着拨通电话。五分钟长途，一切都清楚了，钱汇了，大娘高兴，蹒跚着离开银行。我在下班路上接到大娘孙子的电话：感谢你的服务，千里之外我们感受到了人工服务的温暖。那一刻，我很欣慰。服务的魅力深深感动了我。我由衷享受着赠人玫瑰，手留余香的芳菲妩媚。

后来做理财经理，服务的理念更使我与每一位客户的沟通锦上添花。而这次培训，深刻了服务是文化的理念。过去的种种还很不够，要走的路任重而道远。

企业文化是一个企业发展壮大的灵魂和信念，代表着企业风貌和素养。一名文化使者，不仅要传播爱，守护爱，发扬爱，企业文化的张扬与传承更是责无旁贷的使命。点点滴滴，细微出发，站在心灵之上播种太阳。

有一位美女买理财产品，问我，买哪种好。我笑了，说，比如美女你读书，是选杨绛先生的还是网络作家的呢？我喜欢杨先生那样的知性、睿智、高贵、从容。还比如选衣服是选赫本的优雅、高贵，还是选凤姐的风格？最后又从经济动态到居家理财一并分析。美女很开心。"你很专业也很有文化，你的服务很享受，谢谢你。"那一次，我由衷地感受到服务文化是什么，其中蕴含多少品质积淀。

缘于情怀，也缘于我们热爱的工行，我们从不同的岗位，从不同的地方，有着不同的年龄、不同的学历，走到一起，走到一个共同的高度。弘扬企业文化的使命是相同的。短暂的培训凝聚着无限生机，悠远久长地启迪我们未来的路。

遇到的每一个人，我都非常感谢，陌生的熟悉，不同风格的文化风采，每个人都是一本书，一个臻美的故事，都是工行史册上最温暖的风景，都是我蜕变完美的红袖添香。感动你们，感恩培训！

落幕不是结束，精彩的文化盛宴仿佛在瞬间擦肩而过。在今后的工作实践中，春风抚柳，润物细无声。工作几十年，参加无数次培训，真正体悟到文化的力量和厚重。没有文化的服务是单薄的，苍白无力的，是没有热度的，情感淡漠的，是窄窄的小溪，远远不及广阔的大海。我们的客户原本的需求清晰可见，我们只要做他们头顶的那把雨伞，为他们遮风避雨，营造一片风平浪静，安然恬淡，留给客户也留给自己。无愧于工作，无愧于心，便是人生的春暖花开。

我们是幸福的、幸运的、快乐的，承担的使命是璀璨夺目，一览芳华。多少年以后，想想某一位客户因为我的服务而感怀快慰，无论我在哪，无论我还是否年轻，那一刻，我的心春暖花开。

2017 年 5 月

幸福和花一起绽放

初春的天气，乍暖还寒，室外阳光明媚，暖暖的，室内略显阴凉，尤其晚上。躺在床上盖上被子，看书，玩手机，消磨晚上时光，是个不错的选择。

而今天的温暖别有滋味。

朋友圈点赞正酣，女儿发来大红包。莫名兴奋，一下子从床上坐起来。什么情况？

女儿说，她发工资了，挣钱了，发个红包给我买点心吃。我好开心，女儿懂事长大了，懂得孝敬父母了。

我很开心地收下了女儿的爱，为了尊重，也为成全。

一个优秀的孩子是老师家长教出来的，他们的行为，正确的表扬支持，培养良好的心态；偏差的纠正，使她懂得做错事是要担当责任、接受惩罚的。女儿孝敬父母，你无条件接受，她会养成习惯，爱心弥足珍贵。

女儿一直都很乖的，惦记你的健康，担心你的安全，常常絮叨得像小婆婆，认真得可爱。我很开心！

有没有啥想买的衣服啊鞋子呀？想吃啥点心没？春姑娘来了，该防晒了，今天防了吗？

总是很贴心，妥妥暖暖的。总是说，你放心吧，我好着呢！吃得好睡得香，学生听话，工作顺心。我说，妈妈啥也不缺，你好好的，我就满足了。自己买点高大上的东西，衣服啊鞋什么的。女儿说，我啥也不缺，而且我穿啥都高大上，穿啥都好看。是的，我女儿善良，懂事，善解人意，有一颗金子做的心！

我说，春天来了，花开了，好美啊，眼前手边，足前身后，红的惊艳，粉的娇羞，白的纯情，黄的迷人。花瓣裹着你，花香追着你，和你比美，真好。女儿说，我比较美！

对的，女儿端庄大气，优雅得体，清澈无尘。

我爱女儿，就像太阳普照大地，爱女儿的喜怒哀乐，爱女儿的淘气顽皮，爱女儿的懒床，爱女儿的一切……

女儿爱我，就像春燕呢喃，百合绽放。

幸福暖着我也暖着女儿，就像枝头绽放的春花，妖娆，贵重。

2018 年 4 月

像一片叶子一样地成长

为遂妈妈的心愿，我走出校门就来工商银行工作。

那时的工商银行刚刚成立两年多，巧遇改革开放新程启航，我一名小兵，便与工商银行的伟岸一起成长。

记得上班第二天，营业室主任就每人发个大算盘、一本数字练字帖、一叠练钞券，开始每天练功、考试的魔鬼训练模式。说只有这样才能练就一身响当当的本领，代表工商银行形象，为工商银行的发展壮大，赢得每一名客户的信赖和支持。这话我很认同。我的努力和付出，能为工商银行的芳容惊艳世界增添一点点营养，我知足，就算我不知道工商银行的历史长卷是否会记录我们一闪而过的身影。

父亲对我练功的要求很严格。父亲的单手扇面（点钞分）和珠算很厉害，我很努力，也就刚好过关。父亲文采斐然，出口成章，博古通今，晓知天文地理。我恰巧能和父亲对弈一招半式，父亲高兴，便也不太强求了。

父亲是老银行，1952 年参加工作刚满十六岁，那是最早的人民银行时期。父亲做的工作是一个月几次送款到所辖乡镇，肩背钱褡子（那时用布袋装钱，能搭在肩上)，无论远近，都是步行。无论云蒸日绕，雨雪霏霏，走几天几夜，钱款必须安全送到。赶上山路夜路很危险，也是经常的事。一次父亲和同事去克山西城送钱，经过一个叫小薰山的地方时，遇到了狼。父亲和同事与狼搏斗一夜，九死一生，钱款总算安全送达。

那时的人民银行是现在所有银行的老辈子，工商银行、农业银行都是分支出来的。我工作的工商银行与父亲的老一辈银行一脉相承。父亲陪我同工商银行一起长大，我也算女继父业。我很幸运。

那时的工商银行正处在发展时期，人力资源、机构建设、业余发展都激情澎湃，每一天都在变化，都在发展。学习研究新业务经常加班，每次加班都没有加班费，每个人就发五根大麻花。每次加班很晚才回家。一群年轻人，率真，热情，好学，无怨无悔，不计得失。像一群小燕子，勤勤恳恳，衔泥筑巢，为筑建工商银行的锦绣未来，也留下我们一缕风采。

工作安稳了，对理想的追求也提上日程。我开始了在克山文学创作班的学习，也收获了爱情。爱人在改革开放初期，鲤鱼跃龙门，被县政府以文学人才破格录用，安排在县粮食局工作，之后又辗转进入农业发展银行工作。与金融系统的缘分，好比文学让我们的爱情有了春天。

女儿上小学，我和爱人调到大城市（当时就是这样感觉）工作、学习、生活，林林总总都面临挑战和考验。

上班第一天就走丢了，找不着单位了，偌大的城市像在和我捉迷藏，给新单位打电话也说不明白。后来只好打出租车，希望它能给我带到目的地。没想到出租车司机也不知道站前工行。那是我第一次知道什么是“蒙圈”，什么是找不到家的滋味。我脑袋里眼睛里都是白炽的阳光，看不见车水马龙，高楼大厦。不知多久，云里雾里的，兜兜转转好大一圈总算到了。同事说出租车是故意的，我也不知道，也许吧。这上班第一天的礼遇也是别致，竟这般刻骨铭心。

几十年过去了，我依然还记得，当时找到单位就像找到家的那种感觉。

陌生的城市，熟悉的工作，一样早出晚归，一样加班加点，一样考试练功，日子似乎没了诗和远方，又似乎有妙音或五彩斑斓婉转环绕着。一个人走在街上，霓虹闪烁，被时尚浪漫的气息包围着，避之不及。我慢慢熟悉这个城市，也体会了这个城市的孤独。

一次下大雪，下班时天已经黑了，我坐上 15 路公交车，从起始站坐到终点站，颠颠簸簸，晃晃悠悠，走走停停，两个小时才到家。爱人和女儿等我吃饭一直不见人影，爱人说女儿你在家别动，我去找你妈妈，天这么冷，又下大雪，别是你妈冻坏在大街上……

爱人接到我，相互搀扶回家。

一盏灯，三个人，一种牵挂一个家。像一团云，在蔚蓝的天空里飘逸舒展，你是我眼眶里那一滴海洋，悄悄晃动都会潮起潮落。你是我眼眶里那轮太阳，无论多远，都会为你长出守候的翅膀。在这个举目无亲的雪夜，有物暖身，有人暖心，我是幸福的！

太阳依然暖暖地升起，映着昨夜亮晶晶的雪光，掠过高楼，拂过窄巷，和我一起高高兴兴去上班。

我来到这个城市，整日忙忙碌碌，就像一棵小树，孤单地成长，忽略身边的花花草草的陪伴。无论什么时候，那些美好一直都在，你并不孤单。我也慢慢感觉这个城市的亲切，像我的手臂，怀抱美丽和善良，沐四季春华秋实。我开始喜欢这个城市，喜欢这里的工作。街道上有我的足迹，空气中有我的气息，哪怕我只能为它做这一点点，微乎其微，轻如空气，我依然骄傲，就像绿叶陪伴花一样。

平静的时候总会有点插曲，或许叫节奏吧。女儿幼升小的节奏不约而来，刚刚缓过神儿来，又被眼前的风景和繁华撞得一地无助。女儿上幼儿园，每天都是到班级最早却走得最晚的小朋友，她乖巧懂事，虽只她一个，从不哭闹。好在有一园子的玩具玩，她好像也不孤单。上小学不一样，周末放假，家里又没人带，单位经常加班，尤其月末季末，爱人又忙，无奈只好苦着女儿经常跟我去单位加班。季末园账那回，女儿在椅子上睡着了，轻鼾细起，弥漫在噼里啪啦的算盘声中，软糯稚嫩，纯净如云。同事调侃说这小孩子挺幸福的，听这小呼噜像音乐似的……在一片喧笑中，我的心掉进一片火海，不能自拔。

女儿陪我们离开她熟悉的小城，离开她相熟的玩伴，适应陌生的人和事，实在难为这么小的孩子了。连周末在家嬉闹玩耍，都是奢侈。一个孩子这般懂事却孤单，我不是一个合格的母亲。

女儿英国留学回来，大家都说，回银行吧，安安稳稳的，对女孩挺好。女儿说姥爷一生奉献工行，现在爸爸妈妈又献身伟大的金融事业，我从小也陪妈妈加过班，也算对金融事业做贡献了，现在我要投身教育事业，为祖国的未来添砖加瓦喽。听着女儿的话，我不免思绪澎湃。女儿做什么样的选择，我都支持，只要女儿快乐。

深秋的凝重依然徘徊在初冬的凉薄中，如我这般流连金叶摇曳的五花山间，一枚金黄的叶子，穿过枝丫，划着空气，迎着阳光，像一个金元宝，穿过我的视线，缠绵我的脚前。我惊诧它的玲珑，仿佛一段生命，衰败而伟大。改革开放四十年，我在工商银行工作了几十年，日复一日，年复一年，忙忙碌碌，不知不觉忙到要退休的年龄。工商银行像一棵大树，擎日华盖，伟岸挺拔。一直向前走，走不完的辉煌和繁华。我和万千名默默无闻的工商银行员工一样，团簇围绕，紧紧相依，一直追随，像一片叶子陪伴它成长，从含苞吐芽，慢慢由小变大，由嫩绿到翠绿，直到叶脉金黄，随风儿卷入泥土，化作春泥。待到春花烂漫时，我在丛中笑。

2018 年 11 月

鸡冠山的红

“初冬之雪就是明年的小米吧?”朋友圈评论初冬的雪让我想起10月18日的鸡西文化之旅。

深秋的斑斓馈赠视觉盛宴，脚步也踏着五颜六色的落叶，奏响彩色旋律，穿越绵延山脉，回荡在鸡冠山上。我是第一次来鸡西，也是第一次感受鸡西农行的企业文化的夺目、温暖、匠心独运。如这深秋，依然流淌着夏的温暖。

黑龙江金融作协骨干作家一行，送文化下乡到鸡西市农行，为那里的人进行心理疏导和企业文化知识讲座，与农行员工面对面交流互动，分享文学，走进文学。让更多年轻热情的文学情怀着陆生根，芳心向春。疏导缓解心理压力是员工健康快乐工作的七彩阳光，这个办法很好，实用直接。风席花摇曳，暗香渺自来。其实文学也是一种很好的减压方式。疲惫了一天，或者刚刚与一懊恼的事撞个满怀，读一篇悦目的美文，心情也会因文字的魅力而温暖起来。或者，写一首小诗，愤怒于笔端，你的坏心情便顺着诗行流向远方。我非常感动，刘行长智慧地把文学与心理学相融相生，馈赠给她的员工们，于文学于员工们都是幸福的。还有这份对文学的支持和尊重，使得金融文学被赋予更厚重的使命感。其实文学，于文字热爱者是神圣的，于每日疲惫工作早出晚归维持生计的人们，便是一桌子热腾腾的餐饭吧。

金融企业文化塑造企业灵魂，凝聚团队精神，而文学像蒲公英的种子，灵动美丽，在阳光下飞舞，从春到秋都有它的身影，轻盈婀娜，飘啊飘啊，在岁月的裙角，着一撮薄土生根发芽，开花结果，一撮一束，一年又一年，不竭不衰，遍野绽放。犹如刘行长和她的员工眸光中的热情，像团火，红红地燃烧着，蔓延着，蔓延到整个鸡冠山顶……这一刻我知道，金融文学的土壤是金融企业；金融文学的灵魂是金融企业的每一名员工；金融文学的辉煌灿烂是那一片目光炯炯，年轻热情，坚定蓬勃，火一样燃烧的青春！

送文化下乡是黑龙江金融作协的长期规划。金融作家是金融事业的财富，服务金融基层责无旁贷。安达的“牛文化”，大庆的“铁人精神”，等等，其实我们一直在学习的路上。鸡西农行的企业文化又是我们要深深思考的一堂大课。

走进鸡西农行，给你的感受是家的味道。

餐厅的挂画是员工画的，营业厅的书法是员工写的，党建墙是员工的家园，每名员工都是党建的灵魂。我爱我家，我家爱我！

鸡西农行坚持以党建统领促经营，以思想引领先锋、青年英才先锋、中坚骨干先锋、队伍建设先锋、案防风控先锋、学习创新先锋、机关表率先锋、爱心公益先锋、健康生活先锋、党风廉政先锋“十大先锋”为指引，推动全行员工在业务经营稳健有效发展的实践中当先锋、做表率。

这就是鸡西农行的风采，美丽坚实，根植大地。巾帼英才，诗泽惠四方。先锋精神是我们的目标和方向。我相信金融文学的春天将从这里开始，蒲公英的约定将飘去鸡冠山的每一处。这或许就是“教学相长”所诠释的吧。是谁靠近谁，是谁相望谁，其实意义不大。当你的意识足够优秀，能够体会心声是最近的距离的时候，彼此已在面前。

送文化下乡是一条长路，留下的脚印只代表曾经，需要我们用心慢慢丈量前行。每一个人，每一行文字都不负“初冬的雪就是明年的小米吧”。

两天的行程充实而感动。眼里的心里的沉甸甸的，将陪伴我走过很多年，半午阳光，清茶缱绻，终将美好。返程的脚步急了，穿行在鸡冠山的秋色里。脑海里那些炙热的目光，农行大楼里牵绊脚步的温暖和美丽，像团火燃烧着我和我们的金融文学，也燃烧着鸡冠山。

车轮理智地碾过我的情感，鸡冠山与我渐行渐远，那团燃烧的火是留在鸡冠山的红，也是我记忆深处永久的红！

2019 年 10 月

半窗关春暖

征文《春天之约》结稿在即，评奖工作已准备就绪，晚上看到群里消息，最后一期征文稿编发完毕，一瞬间，我的心突然一颤。我发现，我被春天落下了。

征文启事发布之时，也曾想写一些东西，心中也有了些感受。但是由于个人原因，这种想法就被一直搁浅，然后耽搁至今。当发现一篇篇优秀的抒写春天、赞美春天的美文，有如一夜春雨，千树万树梨花开，沸沸扬扬地在公众号上绽放的时候，我被春的气息裹挟得喘不过气，心灵一次次震颤，有点慌，更严重的是有点害怕。就像一扇门一直开着，你也一直想进入，举步就能别开洞天。可你就在门外，突然一天门关上了，在你面前，一堵墙将你拒之门外。寒冷、恐慌、黑暗、无助，这些感受向我袭来，讥讽、藐视、嘲笑、不屑……我的心灵世界蓦地坍塌，春天在里边，我被落下了，五味杂陈，从心里蔓延开来，春与我失之交臂，我的目光僵在空白的尽头……

我的春天在哪儿？我举目茫然。印象最深的是故乡的春天，故乡的春天有我的童年，有我和妈妈的回忆，每一个日子都精彩。也有我青春萌动时的故事，内心充满异样，期待、朦胧、羞涩和悸动，相依相伴，途经我的绽放。那是长在生命里的春天，是个充满故事的春天。每个日子，每一分每一秒，都是我生命年轮中不可或缺的滋养，使我成长，使我坚强，使我博爱，使我对未来充满信心，使我更加努力前行！

其实春天在广义上，是大自然万物复苏，生机覆盖世界的季节。无论哪里的春天，故乡的春天，江南的春天，北国的春天，异国他乡的春天，不过春柳漫舞，绿草依依，白鸭戏水，微风习习，花枝摇曳，裙摆曼妙，温馨的面容和充满着激情和奋进的脚步。而在我心中，爱在哪儿，春天就在哪儿。

我生活的小城，我喜欢这里的春天。我工作的地方，我喜欢这里的春天。我喜欢的朋友，他生活的地方，我喜欢那里的春天。就像是过去，我不知道其他地方的春天是什么样的，大致都是一样的吧。直到今年，我才真正感受到我的春天也在另一个城市，那就是女儿生活的城市。

那里的风，那里的雨，那里的花，那里的草，都是我的惦念，因为那里有我爱的人。有我的爱在那里弥漫，那个春就是我的春天。

想到这些，被春天落下也没那么痛了。

更欣慰的是有幸成为这次征文的评委。读着每一篇咏春的文章，我被温暖着、感动着、救赎着。在黑龙江金融文学这个大家庭里，他们的笑脸、他们的情感、他们的文字和他们对未来的期待，一篇篇美文，一片片深情，是春新的诠释，是春新的生命。华丽壮美，蒸蒸繁荣。是金融文化的姹紫嫣红，是黑土文学的绚烂春天。蓦然回首，我刚刚失去的春天仿佛就在这里，在黑龙江金融作协这个充满智慧、充满才华、充满希望的文学舞台上。

我的春天回来了！

这个春天对于我来说很博爱，也很宽容。我像一个走失的孩子，找到家的温暖。我爱我家，一路繁华，信仰无疆。

春天是大自然的，也是我们大家的，每个人都是主角，每个人都是繁华。我们从四面八方而来，换着不同的声音，唱着同一首歌，带着季节的成长走向世界。与冬别离，与春相拥。许你一场春暖花开，愿你在春日里洗尽铅华，扬眉欢喜，花香满衣，不负春天，方得四季。

2018 年 4 月

春天已来

十三年前，我们三口之家有了第一辆轿车——北京现代。

当时生活条件一般，其实并不具备购车条件，幸亏有前瞻的思维，我们决定贷款购车，花未来的钱享受当下生活。身边的人惊讶和不解的时候，接送孩子上学的时光已成为享受。生活品质如半午阳光，惬意而温馨。

十三年，车轮碾过风雨，穿越岁月，方向盘旋转我们一家三口的欢乐时光。小小轿车像我们的孩子，又像我们的兄长，陪伴我们，迢迢远路，短短相望。物有人情，它是我们家的一员。感谢有你，感谢陪伴，感谢风雨兼程！

十三年，我就像看客，坐了十三载，却从未真正和你融为一体，风雨一处，疲惫同心。洗你洁亮如初，守你朝朝暮暮，我却依然在侧，不能与你一起驾驭乾坤。遗憾总是随年龄的增长而愈烈。疫情无情，人人举步维艰，宅家的时光，外面的世界像没有围墙的结界，只能望而却步。忽而今日，疫情被控，小区解除封闭管理，我和爱人一起出去遛街。老街旧巷分外亲切。高兴之余顿生去练练车的想法，爱人同意。

虽然不才，但愿望一直都在，也想成为一个开车满大街跑的女人，强势而洒脱。爱人、女儿都不甚支持，总是说说而已。可那小火苗却从来都没真正熄灭过，忽明忽暗地在血液里激荡。也总有话题扯起这个念头，往往满满的信心被一拨一拨新的话题淹没，呛一口水，也不知道下次缓过神是啥时候。就这样死死活活、阴阴阳阳的，总有一口气将养过无数个春夏秋冬。

女儿怀孕三十四周了，孙宝宝就要来到我们的生活里，激动、兴奋、不安、担心、惦记，一系列的情绪日夜为伴。关于宝宝的太多的想法热情细致，但只属于自己一厢情愿。无论怎样，外婆想为宝宝多做些什么的心意是真的，谁都知道。今天痛下决心练车，和宝宝有没有关系，天知道吧。

第一次坐上驾驶座，手握方向盘，没觉紧张，倒有种执掌乾坤的感觉。爱人指挥，插上车钥匙，踩下离合器，挂上一挡，轻给油，握稳方向盘，车子启动了。好神奇啊，我居然真的把车开走了！车子在我手里缓缓地前行，熟悉的政府大楼，宽敞的广场，都变得不一样了。天哪，我自己都不敢相信这是真的，一遍一遍问爱人，我真的开走了？

我一直觉得，我想学开车只是想法，每次坐在车里，都感觉车在驾驭我，而此刻才真正感受到我在驾驭车，我在驾驭眼前的路。突然发现，过去不是别人不支持，是自己徘徊不定。爱人总说我爱做梦，诚然，我梦想每一件美好的事，我坚信坚持就会梦想成真，我一定能开车载着我的梦想前行。带着我的外孙去看海，和外孙的奶奶去自驾游，接我的月月放学一起学画画，朋友聚会能安全把老公带回家……

写到这儿，我欣然地笑了。

半百年华，竟也这般不愿放弃心中所想，心中暗自骄傲。那些过去的遗憾和执念，还有未来的想法和期待，都会成为你有能力实现的动力吧。定然如此。卑微的，高大的，与人分享的，不能与人分说的，种种都将在实现的瞬间光芒万丈。想驾驭一辆车，驰骋人生，也是一种不愿放弃吧。

生活的美好就是你经历的片段，一片一片缀满星光，让你的回忆璀璨而幸福。尽管琐细，却无伤大雅，却无关他人，只是你的。留下文字给回忆，让美好源远流长。非常感谢这个日子，值得纪念。这个春天，我和车有个约会，不关冬雪融化，只为春天已来！

2020 年 3 月

后　记

我们以文学为媒，是年结缘刚好三十载。追溯此前在县文化馆创作班与四十余名学员一同饕餮文学盛宴的弱冠之狂，至结伴同行，在党和政府帮助之下组建“文学家庭”，一时传为文坛佳话的奋斗岁月，我们在漫长的人生旅途里，已共同度过了三十五年的美好时光。

《东林听雨》无疑是我们“珍珠婚”的一份厚礼。因从 2009 年 6 月入园算起，我们夫妻晴耕雨读了十二个春秋。作为一对银行白领，绝大部分业余时间，我们共同营造着“狗吠穷巷里，鸡鸣桑树颠”的农耕生活。也以此为机，深入生活，了解乡村变迁，写作了百万字的文学作品，并于 2017 年建立了“乐耕园三部曲”创作生活基地，寻求健康生活方式的同时，为文学之繁荣，尽微薄之力。

《庄园日记》出版后，我们在文学富矿里又各自捡拾了二十余篇散文、随笔，一些是春风夏雨、夫妻劳作之剪影，一些是偶居东林的视角，延伸对生活和人生的思考。这些文字是从丰厚的文学土壤里“生长”出来的，既是个人心灵的凝现，亦是大时代阔步前行的缩影，这可能也是与《浮生六记》中之秦晋“耕绕屋菜园十亩，君画我绣，从此不做远游计”的有别之处吧。

“衣沾不足惜，但使愿无违。”愿《东林听雨》给朋友们带来一丝清凉。

2020 年 7 月 28 日

图书在版编目（CIP）数据

东林听雨／祁海涛，李延霞著．－－北京：中国文史出版社，2021.2

（跨度新美文书系）

ISBN 978－7－5205－2523－7

Ⅰ．①东… Ⅱ．①祁… ②李… Ⅲ．①散文集－中国－当代 Ⅳ．①I267

中国版本图书馆 CIP 数据核字（2020）第 219059 号

责任编辑：牟国煜

出版发行：**中国文史出版社**
社　　址：北京市海淀区西八里庄路 69 号院　邮编：100142
电　　话：010－81136606　81136602　81136603（发行部）
传　　真：010－81136655
印　　装：廊坊市海涛印刷有限公司
经　　销：全国新华书店
开　　本：720×1020　1/16
印　　张：17　　　字数：192 千字
版　　次：2021 年 2 月第 1 版
印　　次：2021 年 2 月第 1 次印刷
定　　价：58.00 元